Un roman de

BLEU D'AOÛT

Deborah Levy

De la même autrice

Aux Éditions du sous-sol

Ce que je ne veux pas savoir, traduit de l'anglais par Céline Leroy, 2020

Le Coût de la vie, traduit de l'anglais par Céline Leroy, 2020

État des lieux, traduit de l'anglais par Céline Leroy, 2021

La Position de la cuillère, traduit de l'anglais par Nathalie Azoulai, 2023

Hot Milk, traduit de l'anglais par Céline Leroy, 2024

Aux Éditions Points

Sous l'eau, traduit de l'anglais par Pierre Ménard, 2021

Bleu d'août

Traduit de l'anglais
par Céline Leroy

Deborah Levy

Éditions
du sous-
sol

Titre original : *August Blue*

Cet ouvrage a été publié pour la première fois en 2023
par Hamish Hamilton.

Conception graphique : Cyriac Allard

Éditions du sous-sol, 22 rue du Pont-Neuf, 75001 Paris

ISBN : 978-2-36468-989-3

"Même nos ombres s'aiment
quand on marche."

Chantal Akerman,
Ma mère rit

1

GRÈCE, SEPTEMBRE

La première fois que je la vis, c'était dans un marché aux puces d'Athènes, et elle achetait deux chevaux mécaniques dansants. Le vendeur glissait une pile dans le ventre du cheval marron, une pile AA ultra-résistante zinc-carbone. L'homme montrait à la femme que pour mettre en marche ce cheval long comme deux mains, il fallait lui soulever la queue. Pour l'arrêter, il fallait l'abaisser. Le cheval marron avait une ficelle attachée à l'encolure et il suffisait à la femme de tirer dessus pour maîtriser les mouvements du jouet.

La queue fut donc soulevée et le cheval dansa, tournant en rond sur ses quatre jambes articulées. Puis le vendeur sortit le cheval blanc, avec sa crinière noire et ses sabots blancs. Voulait-elle qu'il glisse une pile AA dans son ventre pour que celui-ci danse à son tour ? Oui, répondit-elle en anglais, mais son accent venait d'ailleurs.

Je l'observais depuis un étal couvert de statues miniatures de Zeus, Athéna, Poséidon, Apollon et Aphrodite. Certaines de ces divinités avaient été transformées en aimants pour frigos. Leur ultime métamorphose.

La femme portait un chapeau mou en feutre noir. Je ne voyais presque rien de son visage à cause du masque chirurgical bleu que nous étions obligés de porter à cette époque et qui lui couvrait le nez et la bouche. Elle était accompagnée d'un vieil homme d'environ quatre-vingts ans. Les chevaux ne le ravissaient pas, contrairement à elle. Son corps était animé, grand et plein de vitalité tandis qu'elle tirait sur la ficelle. Son compagnon était immobile, voûté et silencieux. Je n'en étais pas certaine, mais j'avais l'impression que les chevaux le rendaient nerveux. Il les contemplait d'un air sombre, presque inquiet. Peut-être la persuaderait-il de partir et d'économiser son argent.

En jetant un coup d'œil aux pieds de la femme, je remarquai ses chaussures en cuir marron abîmé avec leurs talons hauts en peau de serpent. Elle tapait légèrement du pied droit, à moins qu'elle dansât en rythme avec les chevaux qui, guidés par sa main, trottaient côte à côte.

J'espérais qu'ils m'entendraient les appeler sous le ciel de l'Attique.

Elle s'arrêta pour ajuster son chapeau et l'incliner vers l'avant.

Alors que ses doigts cherchaient une mèche de cheveux rentrée sous le chapeau, elle regarda dans ma direction – elle ne posa pas les yeux sur moi, mais je devinai qu'elle avait senti ma présence. À onze heures du matin, elle me transmettait l'humeur obscure et douce de minuit. Une petite averse tomba sur Athènes, accompagnée de l'odeur des vieilles pierres chaudes et de l’essence des voitures et des scooters.

Elle acheta les deux chevaux et quand elle s’en alla avec les objets emballés dans du papier journal, le vieil homme, son compagnon, lui prit le bras. Ils disparurent dans la foule. J’aurais dit qu’elle avait plus ou moins mon âge, trente-quatre ans, et comme moi, elle portait un imperméable ceinturé vert. Il était quasi identique au mien, sauf que le sien avait trois boutons dorés cousus sur les manchettes. Nous voulions manifestement les mêmes choses. À cet instant, je me surpris à penser que nous étions la même personne. Elle était moi et j’étais elle. Elle avait su que j’étais tout près et s’était moquée de moi, je le sentais.

Un, deux, trois.

Je me dirigeai vers l’étal et demandai au marchand de me montrer les chevaux. Il me répondit qu’il venait de vendre ses deux derniers, mais qu’il avait d’autres animaux mécaniques dansants, des chiens, notamment.

Non, c’étaient les chevaux que je voulais. D’accord, dit-il, mais ce que les gens aiment, surtout, c’est soulever la queue pour lancer la danse et la baisser pour l’arrêter. C’était plus original qu’un simple interrupteur, dit-il, et même presque magique, car grâce à ce mécanisme, je pouvais créer de la magie à ma guise. Un chien au lieu d’un cheval, quelle importance ?

Mon professeur de piano, Arthur Goldstein, m'avait dit que ce n'était pas le piano, l'instrument, mais moi. Il parlait de mon oreille absolue, de mon désir d'apprendre et de mes facilités alors que je n'avais que six ans, de la façon dont je retenais tout ce qu'il m'enseignait sans jamais rien oublier. Apparemment, j'étais un miracle. Un miracle. Un miracle. Un jour, je l'avais entendu dire à un journaliste, Non, Elsa M. Anderson n'entre pas en transe quand elle joue, elle s'envole.

L'homme me demanda si je voulais qu'il glisse une pile AA hyper-résistante zinc-carbone dans un des chiens. Il désigna une créature qui ressemblait plutôt à un renard doté d'une épaisse fourrure de porcelaine et d'une queue qui se recourbait sur le dos.

La magie recommencerait, dit-il, mais avec une queue recourbée, cette fois. Les chiens étaient plus petits que les chevaux et tenaient dans la paume de ma main.

Apparemment, ce n'étaient pas les chevaux, l'instrument, mais mon désir de magie et de m'envoler.

Vous êtes une très belle femme. Que faites-vous dans la vie ?

Je lui dis que j'étais pianiste.

Ah, elle avait donc raison, rétorqua-t-il.

Qui donc ?

La dame qui a acheté les chevaux. Elle m'a dit que vous étiez célèbre.

Je resserrai la ceinture de mon imperméable pour qu'elle me coupe la taille et l'homme émit un bruit de bombe qui explose.

Vous devez rendre votre amoureux fou, dit-il.

Je sortis de ma poche la pomme achetée un peu plus tôt dans une épicerie. Elle était ferme et fraîche comme une deuxième peau. Je la portai à ma joue brûlante. Puis je mordis dedans.

Regardez ce chien, dit l'homme qui avait vendu les chevaux à la femme. C'est un spitz, la plus vieille race d'Europe centrale. Elle remonte à l'âge de pierre. J'examinai la fourrure en porcelaine blanche du spitz de l'âge de pierre et je secouai la tête. Désolé, madame, rit-il, les deux derniers chevaux ont trouvé un autre foyer. Ma cliente vous a vue la regarder. Il baissa la voix et me fit signe de m'approcher.

Elle m'a dit, Cette femme veut les chevaux, mais moi aussi, et je suis arrivée la première.

J'avais l'impression qu'elle m'avait volé quelque chose, quelque chose qui manquerait à mon existence. Perdue, je m'éloignai des animaux dansants et me dirigeai vers un chariot croulant sous une montagne de pistaches. Au pied du chariot se trouvait le chapeau mou en feutre que la femme avait porté. Elle avait coincé une petite fleur rose pâle et délicate dans le ruban gris. Pendant ma promenade du matin, j'avais aperçu ces mêmes fleurs sur la colline de l'Acropole. Peut-être y poussaient-elles déjà à l'époque où de vrais chevaux tiraient des cargaisons de marbre pour la construction du Parthénon.

Je ramassai le chapeau et cherchai la femme et le vieil homme du regard, mais ne les vis nulle part. Son compagnon avait à peu près le même âge que mon professeur, Arthur Goldstein.

À cet instant, je décidai de garder le chapeau mou. Les chevaux étaient à elle et pas à moi. L'échange paraissait équitable. Je le mis aussitôt, là, dans le marché, et l'inclinai vers l'avant ainsi qu'elle l'avait fait. Autre chose. Quand elle était partie avec les chevaux, elle s'était tournée brièvement pour observer un chat qui dormait sur un muret près de l'endroit où je me tenais.

J'avais commencé à dresser des listes quotidiennes.

Pianos possédés
Bösendorfer de concert
Steinway

Je m'étais arrêtée là et n'avais pas mentionné le piano d'enfance plus humble.

Peu après, je sortis mon billet de ferry jusqu'à Poros et m'aperçus que j'avais deux heures à tuer avant de me rendre au port du Pirée.

2

Max et Bella sirotaient un café grec sucré dans de petites tasses sur le toit-terrasse du Cafe Avissinia qui donnait sur l'Acropole. Tous les deux étaient de célèbres violonistes. Ils se disaient que si ça continuait, ils passeraient peut-être l'hiver à Athènes et s'achèteraient des pulls chauds. Bella se mettrait aussi en quête d'une ou deux combinaisons pratiques pour jouer du violoncelle, son autre instrument. Ils admirèrent mon chapeau et demandèrent où je l'avais acheté. Je leur parlai des chevaux et de la femme avec le vieil homme.

Tu n'as pas l'air de t'être donné trop de mal pour lui rendre son chapeau. Pourquoi tu les voulais autant, ces chevaux ?

Max et Bella me regardèrent avec un air entendu, mais que savaient-ils ?

Ils savaient que j'avais été un petit prodige, ils savaient que ma famille d'accueil m'avait offerte à Arthur Goldstein quand j'avais six ans et que ce dernier m'avait adoptée pour que je puisse devenir une élève résidente dans son école de musique. J'avais quitté une maison modeste près d'Ipswich dans le Suffolk pour m'installer dans une autre plus impressionnante à Richmond, près de Londres. Ils savaient pour mon audition à la Royal Academy of Music, pour la bourse que j'avais obtenue, ils savaient pour les récompenses internationales et Carnegie Hall, les enregistrements de récitals et de concertos pour piano sous la direction des plus grands chefs d'orchestre, et plus récemment, évidemment, pour la Salle dorée à Vienne. Ils savaient pour mes interprétations mémorables de Bach, Mozart, Chopin, Liszt, Ravel, Schumann, ils savaient que j'avais craqué et que je commettais des erreurs. Ils savaient que j'avais désormais trente-quatre ans. Pas d'amant. Pas d'enfants. Il n'y avait pas de tasse de café réconfortante perchée sur mon piano, pas de cuillère sur la soucoupe, de chien en arrière-plan, de fenêtre avec vue sur la rivière ou de compagnon préparant des pancakes en coulisses. Et ils savaient pour le fiasco du *Concerto pour piano n° 2* de Rachmaninov trois semaines plus tôt à Vienne et pour ma sortie de scène. Ce concerto, je l'avais déjà joué un nombre de fois incalculable. Ils savaient que je me rendais sur l'île grecque de Poros afin de donner des cours à un garçon de treize ans. Trois cours avaient été planifiés. Nous étions convenus d'un tarif horaire payé en liquide. Peut-être pensaient-ils que j'avais besoin qu'on me remonte le moral. Max et Bella annoncèrent qu'ils avaient une surprise pour moi. Ils avaient réservé une sortie en bateau avec leur ami, Vass, qui m'emmènerait pêcher des oursins avant ma première leçon.

Bella avait l'air heureuse. Manifestement, être enveloppée dans son amour pour Max lui faisait croire qu'elle pouvait parler sans filtre. Écoute,

Elsa, on sait que tout ça, c'est aussi à cause d'Arthur. Non mais quel idiot, cet Arthur. On a bien compris que tu étais son inspiration, son enfant-muse, voire, si on est honnête, son salut. Mais personne ne peut être à la hauteur d'une telle attente. C'est un petit homme, Elsa. Qui a des complexes.

Elle avait fait durer le mot *c-o-m-p-l-e-x-e-s.*

Qui n'en a pas quelques-uns ?

Déjà, il porte un foulard de trois mètres de long pour être sûr qu'on le remarque.

Oui, dis-je, c'est en partie pour ça que je l'aime.

Arthur m'avait écrit après ce concert fatidique. *J'ai eu l'impression que tu n'étais pas là quand tu es entrée sur scène. Où étais-tu, Elsa ?*

Loin.

J'avais perdu le fil sous la direction de M. L'orchestre était parti dans un sens, le piano dans un autre. Mes doigts avaient refusé de se plier à Rachmaninov et j'avais commencé à jouer autre chose. Quand j'avais six ans, Arthur m'avait appris à "détacher mon esprit de ce qui est ordinaire", mais ce soir-là, apparemment, l'ordinaire m'avait traversé l'esprit.

Max me demanda si c'était vrai qu'Arthur s'était installé en Sardaigne. Je répondis que oui. Il possédait une petite maison dans une ville connue pour ses melons, à soixante-quatre kilomètres de Cagliari. Il y passait ses vacances depuis des années, mais y vivait désormais à temps plein.

Ils voulurent savoir pourquoi.

Il pense qu'on peut aimer davantage dans le Sud.

Est-ce qu'Arthur a un amant ?

Je ne sais pas.

Ils avaient posé la question sur le ton de la blague parce que Arthur avait quatre-vingts ans. Je n'avais jamais rien su de sa vie amoureuse. Je n'avais jamais vu Arthur avec un compagnon, même si je le soupçonnais d'avoir ses petits arrangements. Il avait cinquante-deux ans à mon adoption, alors peut-être que les aspects les plus enflammés de sa libido étaient déjà apprivoisés.

Par ailleurs, dit Bella comme si elle avait dressé une liste des mystères à résoudre et que j'en faisais partie, on ne comprend pas pourquoi tu enseignes à des enfants sans talent sortis de nulle part. Tu sais, Elsa, n'importe quel conservatoire t'embaucherait comme professeure émérite. Sois réaliste.

M'efforçant d'être réaliste d'une façon qui plairait à Bella, je dis, Oui, j'enseigne pour payer mon loyer et m'acheter des kebabs en attendant la fin de la pandémie. C'était faux, j'avais assez d'économies pour tenir, mais à cet instant, je voulais abaisser la queue-interrupteur pour éteindre toutes mes émotions. Si Arthur était mon professeur, il était aussi un genre de père. Le seul père que j'aie, et je l'aimais démesurément. Quand j'étais petite, il s'asseyait toujours à côté de moi au piano. Tu as les doigts endormis, s'écriait-il, à quoi ça sert d'enseigner à quelqu'un qui dort ? Et pourtant, mes doigts étaient vivants. Tremblants. Je ne savais pas comment lui faire plaisir.

Je n'avais aucun désir d'effrayer mes élèves.

Bella se pencha au-dessus de la table et me déposa un baiser sur la joue. Nous nous connaissions depuis longtemps. Son ex-mari, Rajesh, avait suivi les cours d'Arthur un été pendant un mois. Nous avions douze ans à l'époque et ne nous étions pas quittés depuis. En fait, j'avais même présenté Bella à Rajesh quand ils avaient vingt ans. Ils s'étaient mariés trois ans plus tard, ce que, sur le coup, personne n'avait compris. Ils s'étaient séparés récemment et Bella avait posé ses valises chez Max à Athènes. Dans ce baiser, je sentais cette longue histoire et l'inquiétude de mon amie. Poser ses lèvres sur ma joue était potentiellement dangereux. J'avais perdu le compte des différentes vagues du virus. Les grands confinements avaient pris fin, mais tout le monde avait encore peur.

Elsa, dit Bella, s'il te plaît, oublie Rach et retrouve le sourire.

Sergei Rachmaninov ne souriait jamais. Sa main gauche puissante, son visage sévère, sa tristesse oubliée dans la composition du *Concerto pour piano n° 2*. Peut-être aurait-il souri de nous entendre le surnommer Rach comme s'il avait été un ami venu nous emprunter un chargeur de téléphone. J'écoutais ses grandes pensées musicales depuis l'âge de quinze ans. Pendant un temps, Arthur et moi n'avions travaillé que Rach et Tchaïkovski parce que, ainsi qu'il me l'avait montré, Rachmaninov était amoureux de Tchaïkovski même s'il était bien plus novateur d'un point de vue structurel. Habitant des siècles différents, Rach et moi étions devenus des solistes célèbres à un jeune âge, donnant des concerts dans toutes sortes de conservatoires.

Je fis signe au serveur, remuai à peine les doigts, peut-être à la manière d'une diva. Passons à autre chose, proposai-je à mes compagnons, je vous offre un ouzo. Je dois rejoindre le Pirée. Le serveur nous apporta nos boissons et chacun leva son verre sans trop savoir quoi dire. Quelqu'un avait peint les mots *Mort Drogue Vie beauté* en lettres noires sous une voûte de jasmin qui semblait connaître une seconde floraison automnale.

Je mis mon chapeau et je me sentis en communion avec la femme qui avait acheté les chevaux. Je vais te retrouver, lui dis-je dans ma tête. En échange du chapeau, tu me donneras les chevaux.

Bella tourna la tête pour cacher je ne sais quelle expression qu'elle venait d'échanger avec Max.

Vraiment, je ne comprends pas, dit-elle. Ce concert que tu as quitté en plein milieu. Rach avait des mains de géant. Il y avait un intervalle de douze touches entre son pouce et son petit doigt.

Cette amplitude ne m'avait jamais posé problème, répondis-je, mais à cet instant, je pensais surtout aux ongles vernis à l'acrylique rose du top-modèle en couverture du magazine de voyage dans l'avion pour Athènes. À mes yeux, sa main pâle avait ressemblé à celle d'un cadavre, la moindre ride et tache de rousseur effacée. Entre ses doigts mous, elle tenait le pied d'un verre à cocktail à moitié rempli d'un liquide rose assorti à ses ongles. Un genre de liqueur. Apparemment, cette boisson faisait naître l'émotion. La publicité le disait, cette boisson faisait naître l'émotion. En parallèle, une mazurka mélancolique de Frédéric Chopin, l'*Opus 17, n° 4*, jouait dans ma tête. Bella me tapota l'épaule. Si tu vois Rajesh à ton retour à Londres, dis-lui qu'il me doit six mois de notre emprunt.

Puis ce fut au tour de Max. Bon, Elsa, je ne sais pas ce qui s'est passé, mais tout le monde veut que tu rejoues. C'est comme si tu t'étais auto-annulée. J'ajustai le chapeau, l'inclinai vers l'avant. Un chœur d'oiseaux m'accompagna alors que je descendais l'escalier du toit-terrasse vers la sortie.

Bella m'appelait. J'avais laissé mon téléphone sur la table. La sonnerie était *Birdsong*. Je remontai chercher l'appareil et un oiseau émit des trilles et des gazouillis. Il chantait chaque fois que je recevais un texto. Arthur en Sardaigne me demandait sur Whatsapp de venir le voir. Je tapai les mots : *Mais je travaille.*

Fais attention à tes mains, répondit-il.

J'imagine qu'à l'instar de la liqueur du magazine, mes mains faisaient naître l'émotion. Puis, avec sa très vieille main droite, celle qui m'attrapait le poignet quand j'étais petite et la soulevait du clavier quand il voulait que j'utilise les pédales, il écrivit en lettres capitales.

ET CE BLEU, ALORS ?

Une semaine avant le concert de Rachmaninov, j'avais décidé de me teindre les cheveux en bleu. Arthur avait tenté de m'en dissuader. Après tout, mes longs cheveux bruns coiffés en couronne tressée étaient ma marque de fabrique. Elsa M. Anderson, la pianiste virtuose aux airs de danseuse étoile. À l'adolescence, j'avais expérimenté avec des macarons fixés de part et d'autre du crâne. Arthur trouvait que ce style manquait de sérieux, mais je l'avais gardé un moment. Ma chère, avait-il dit, si tu tiens absolument à ruiner tes jolis cheveux, alors il faut que tu ailles chez mon coiffeur de Kensington.

Ce bleu allait trancher avec mon ADN. Nous savions tous les deux que je voulais couper court à toute possibilité de ressembler à mes parents inconnus. Arthur était abasourdi que je n'aie aucun désir de les chercher. Ou de reprendre contact avec ma famille d'accueil. Quand j'avais eu dix ans, il m'avait dit que je pourrais consulter "les papiers" quand je voudrais. Il parlait des papiers d'adoption. Je pense qu'il se préparait depuis toujours à la quête inévitable de mes parents biologiques. Mais je n'avais pas voulu lire "les papiers" et le lui avais dit. À quoi Arthur avait répondu, j'admire ta grande force.

À son arrivée au salon de coiffure, j'y étais déjà depuis trois heures. La coloriste avait dû me décaper les cheveux avant d'appliquer la teinture. Arthur nous avait acheté des sandwichs chez Pret A Manger. Il m'avait tendu le mien et confié qu'il avait aussi pris deux guimauves enrobées de chocolat, qui étaient en train de fondre dans sa poche. Étrangement, il voulait parler de la relation entre Nietzsche et Wagner, non seulement avec moi, mais avec tout le personnel du salon de coiffure. Le bleu le rendait peut-être nerveux. La styliste qui travaillait en tandem avec la coloriste lui demanda qui ils étaient.

Nietzsche était le philosophe bien trop humain, avait dit Arthur, et Wagner le compositeur surtout connu pour ses opéras enflammés. Des deux hommes, Nietzsche aurait été le plus susceptible de se teindre les bacchantes en bleu. Mais quelle relation entretenaient-ils ? C'est une question de température, avait répondu Arthur, et *torride* serait le mot le plus approprié. Il semblerait qu'afin d'échapper à son attirance pour Wagner, Nietzsche se soit mis à écouter du Bizet parce que c'était une musique baignée d'un soleil matinal. En effet, avait dit Arthur, Nietzche a décidé que la musique de Bizet avait une "sensibilité plus hâlée". Arthur s'était alors assis et avait défait l'emballage de son sandwich. Il se trouve, avait-il ajouté, que les propres compostions de Nietzsche tiraient plutôt sur l'ecclésiastique, pour quelqu'un qui hurlait que Dieu était mort dès qu'il gravissait une montagne ou un pont. Il a joué du piano et composé jusque tard dans sa vie, mais avait l'impression d'avoir raté sa vocation de compositeur, ce qui était sans doute vrai. Wagner était aussi de cet avis. Entre nous, ce qui passait par la tête de Nietzsche trouvait une meilleure expression en philosophie qu'en musique. On me colorait les cheveux à l'aide d'un petit pinceau. Je pleurais à cause de l'odeur de la teinture. Sauf que tu n'en sais rien, avais-je dit tandis que la coloriste me penchait la tête en avant, tu ne connais rien de ses compositions, celles qu'il n'a jamais écrites.

Oh que si, avait répliqué Arthur sur un ton mystérieux. Certains d'entre nous créent – il avait mordu dans son sandwich œufs/mayo –, les autres interprètent.

Peut-être faisait-il référence à mes premières tentatives de composition. C'était comme s'il savait que j'entendais quelque chose qui lui échappait et qu'il m'en voulait. Mes doigts trouvant les touches, j'avais découvert que j'avais un point de vue. Ne me restait plus qu'à le déployer et écouter.

La styliste m'avait demandé de me pencher un peu en avant pour qu'elle puisse renouer le dos de ma blouse de protection noire.

Nietzsche croyait, à juste titre, avait repris Arthur en se tapotant les lèvres avec une serviette, que la musique était le summum de l'art, l'essence de l'être. Pourtant il a brisé ce qui le reliait aux mélodies suprêmement éreintantes de Wagner comme on brise une assiette et qu'on ne voit pas l'intérêt de recoller les morceaux. Arthur était en train d'extraire le blanc d'œuf de son sandwich œuf/mayo avec une précision chirurgicale. L'idée d'une sensibilité plus hâlée avait semblé le réjouir, sans doute à cause de sa maison en Sardaigne. Je suis d'accord avec Nietzche, avait-il dit en faisant tomber sa canne par terre, lui qui pensait qu'on peut aimer davantage dans le Sud.

Le bleu devait poser sur un blond clair. L'ensemble du processus avait pris presque six heures. Je voyais qu'Arthur était excité, atterré et un peu agité. Nous avions siroté du thé, mes cheveux emballés dans du papier alu. À un moment donné, il m'avait embrassé les mains comme si j'étais sur le point de subir une lourde opération. Il n'arrêtait pas de parler. Leur avait-il raconté qu'un jour où il était venu me chercher à l'école, sa longue écharpe blanche en mousseline de soie avait failli se prendre dans les roues de la voiture et l'étrangler en mode Isadora Duncan ? Elsa est *fa-sci-née* par Isadora, avait-il murmuré à la coloriste qui expliquait à la stagiaire où il fallait lui acheter sa salade de quinoa.

Arthur savait que je lisais l'autobiographie d'Isadora Duncan, la mère de la danse moderne, ainsi qu'on la décrivait parfois. Je regardais souvent des danseurs adeptes des techniques d'Isadora reprenant ses chorégraphies sur YouTube, la plupart du temps sur du Bach, du Mendelssohn, du Chopin ou du Schubert. Ils étaient pieds nus et portaient des toges légères. Je crois que l'idée était de me montrer comment être heureuse et libre.

Ma coloriste discutait toujours avec la stagiaire. Elle avait ajouté un Coca au menu de son déjeuner et expliquait qu'il devait être aussi froid qu'un macchabée.

Un macchabée n'est pas forcément froid, ma chère, l'avait interrompu Arthur. Il faut au moins douze heures pour que le sang refroidisse dans le corps humain.

Puisque Arthur semblait vouloir rester jusqu'au bout du processus, elle lui avait proposé un shampoing-brushing. Le directeur du salon, Rafael de Rotherhithe et de Rio, ainsi qu'il se présentait, avait l'habitude de ne rien montrer des efforts déployés pour que la tête d'Arthur atteigne le bac. La plus jeune stagiaire était soudain apparue avec trois rehausseurs. Sa tête était enfin au-dessus du bac. Tout le monde voulait qu'il s'y noie.

Quand le temps était enfin venu de rincer la teinture, Arthur était plutôt fébrile. Il savait qu'une semaine plus tard, je jouerais dans la Salle dorée de Vienne avec des cheveux bleus. Le public qui viendrait écouter sa pianiste virtuose préférée se demanderait si elle avait été remplacée par quelqu'un d'autre.

La coloriste était très tendue.

J'avais alors brièvement pensé à ma mère biologique.

Et puis à la mère de ma famille d'accueil.

Mes nouveaux cheveux raides et bleus me tombaient dans le dos juste au-dessus de la taille.

J'avais deux mères. L'une d'elles m'avait abandonnée. Puis j'avais abandonné la femme qui l'avait remplacée. Je les entendais, leur souffle coupé.

Arthur avait levé les bras. Ma chère, avait-il dit, puisque je n'ai ni traîneau ni huskies pour traverser Londres sous l'orage, nous partagerons un taxi. Par ailleurs, Elsa M. Anderson, de vraie blonde tu es devenue vraie bleue.

3

Je me dirigeai vers la porte E8 du Pirée afin de monter sur le bateau en partance pour Poros. Le port du masque était obligatoire dans les transports publics. La traversée fut agitée. L'équipage distribuait des sacs en papier à ceux qui levaient la main pour signaler qu'ils avaient la nausée sous leur masque. Le soleil d'automne éclairait les vagues de la mer Égée soulevées par le vent. La pandémie ayant débarqué dans la troisième décennie du XXIe siècle, des affiches plastifiées collées aux murs demandaient aux passagers de respecter la distanciation sociale d'un mètre cinquante. Les consignes de sécurité rangées dans la poche de mon siège promettaient que tous les gilets de sauvetage étaient équipés d'un sifflet. Deux écrans étaient fixés au mur, l'un diffusant une publicité pour une marque de radiateurs, l'autre pour de la glace. Le couple assis de l'autre côté de l'allée était affublé de visières en plastique transparent sous lesquelles ils ne portaient pas un mais deux masques. Ils sirotaient du café glacé à la paille et avaient fait un trou dans leurs masques pour la laisser passer. Alors que le bateau était ballotté par les vagues ensoleillées, Rajesh m'envoya un texto à propos des tremblements de terre en Grèce. Il avait consulté la magnitude du dernier en date, qui avait fait de nombreux dégâts dans la région. Je l'appelai pour lui demander comment ça allait à Londres. Il me dit que s'il devait garder un sifflet dans sa poche pour pouvoir souffler dedans à chaque fois qu'il avait une angoisse, ledit sifflet ne quitterait jamais ses lèvres. Peut-être qu'il ne valait mieux pas lui parler de Bella qui attendait qu'il paye sa part de l'emprunt immobilier, songeai-je. Je passai le reste du trajet, casque sur les oreilles, à écouter le concerto pour violon que Philip Glass avait dédié à son père. En contemplant les vagues éblouissantes, j'entendis mon cœur battre.

4

J'avais prévu de retrouver mon élève et son père devant un hôtel du port. Je me dirigeai vers l'hôtel, qui semblait proche, et m'installai sur les marches inoccupées de son entrée. J'avais encore le goût de l'ouzo sur les lèvres.

Le soleil de l'après-midi éclairait doucement le clocher bleu construit au sommet de la colline au milieu des oliviers et des cyprès. Les violons du concerto endeuillé et le rythme du bateau n'avaient pas encore quitté mon corps. Un moment plus tard, quelqu'un s'écria, Elle est là. C'était Marcus, que je n'avais rencontré que sur Zoom. Il tirait sur le bras de son père, l'entraînant vers moi. Marcus portait un t-shirt qui lui arrivait aux genoux et des tongs avec de grosses marguerites en plastique sur les orteils. Quand j'agitai la main, son père cria, On se calme, mon p'tit bonhomme. Marcus avait treize ans. Ils vinrent vers moi sous le soleil et les mouettes hurlantes.

Le père de mon élève me serra la main. Il portait un costume et des baskets d'une marque coûteuse.

Je vous en prie, appelez-moi Steve.

Ses cheveux coiffés en arrière étaient rassemblés en une queue de rat. Il était plus ou moins dans le transport de marchandises, originaire de Baltimore et riche, mais avait une tête d'ancien hippy qui avait cru à la paix et à la promiscuité. Apparemment, il y avait un problème avec sa voiture. Elle avait calé plusieurs fois en route. Steve pensait que le mieux serait de prendre un taxi jusqu'à la maisonnette qu'ils m'avaient louée. La gardienne était sur place et me montrerait comment tout fonctionnait. Il voulait savoir ce que j'avais de prévu ce week-end là. Je lui dis que j'allais pêcher des oursins dimanche.

Avec le bateau de qui ?

Un certain Vass.

Steve sourit. Oui, bon, les méthodes de pêche de Vass sont assez rudimentaires.

Il appela quelqu'un et en un rien de temps, un taxi était arrivé.

Vous êtes célèbre, madame Bleu, me dit-il, nous voulons faciliter votre séjour autant que possible. Il sortit un petit carnet noir de sa poche de veste et me demanda un autographe en me mettant un lourd stylo plume en argent dans la main. Je signai son carnet, *Elsa M. Anderson.* N'oubliez pas d'enlever votre chapeau avant d'aller pêcher les oursins, railla-t-il.

À lundi, Marcus, dis-je. Des carillons éoliens tintèrent sur les bateaux de pêche. Les mouettes planaient au-dessus des filets entassés sur les ponts.

Alors, mon p'tit bonhomme, dis quelque chose. Son père lui donna un léger coup dans le bras.

Marcus leva la main droite et remua les doigts. Puis il se pencha pour ajuster la marguerite blanche sur l'une de ses tongs.

Allez, Marcus, on va trouver un mécanicien pour voir ce qui ne va pas avec notre voiture, d'accord ?

Steve avait haussé la voix. Comme si parler fort ferait se faner les flamboyantes marguerites de plastique sur les chaussures de son enfant.

*

Le monde se rembobinait lentement jusqu'à un souvenir d'Arthur venu me chercher à la sortie de l'école, une légère couche de mascara sur les cils. Il parlait des *Nocturnes* de Chopin en *si bémol mineur* et *mi bémol majeur* à un père dans la cour de récréation. Ce dernier était arrivé sur le skate de son enfant. Alors que le père réglait l'une des roues, Arthur avait expliqué que les *Nocturnes* étaient des œuvres courtes pour piano inspirées par les esprits et les émotions de la nuit. Le père l'avait interrompu pour lui demander d'une voix forte s'il n'avait pas une clé à écrous sur lui, par hasard.

La gardienne m'attendait dans la maisonnette. Elle portait un masque et je cherchai le mien dans la poche de ma veste. Les *tavernas* avaient toutes une bouteille de gel hydroalcoolique sur leurs tables, gel qui était mauvais pour mes mains car composé d'au moins soixante-dix pour cent d'alcool. J'avais lu un article sur deux alcooliques qui avaient cassé les distributeurs d'un hôpital à Londres pour le boire. Mon agent m'avait dit qu'on se débarrassait plus efficacement des germes avec du savon et de l'eau, comme s'il s'y connaissait en médecine. Mes mains étaient assurées pour des milliers de dollars en Amérique. Je devais en prendre soin. Il fallait en priorité les masser, pianoter pour aider la circulation dans les doigts, les tremper dans de l'eau chaude, puis dans de l'eau froide, avoir les ongles courts, ne pas mettre de vernis ni de bagues, les hydrater, les étirer, les protéger des échardes et des coupures, essayer de ne pas dormir sur l'un de mes bras.

Maintenant que nous étions toutes les deux masquées et dans l'incapacité de lire nos expressions, il fallut recourir à l'application de traduction vocale pour se comprendre. Du grec à l'anglais, de l'anglais au grec. On finit par laisser tomber. Elle me montra la boîte de fusibles avec les interrupteurs pour l'eau chaude, la cuisinière, les lumières des différentes pièces, mais tout était inscrit en grec. J'avais besoin de mon application pour savoir quel interrupteur correspondait à l'eau chaude de la cuisine et quel autre à celle de la salle de bains. Le vendeur de chevaux avait raison. Ces interrupteurs avaient la même fonction que celui qui animait les chevaux, et pourtant, ils ne faisaient naître aucune émotion. La bouilloire ne se mit pas à danser quand j'appuyai sur l'interrupteur. Et pourtant, le mécanisme était le même. Vers le haut pour l'allumer, vers le bas pour l'éteindre.

*

Dans le petit jardin derrière la maison, trois crapauds étaient sortis pour accueillir l'averse soudaine. Des papillons blancs se posèrent sur les fleurs orange clair plantées autour d'un figuier. L'air était chaud et parfumé. Durant cette première journée à Poros, j'eus l'impression que la femme qui avait acheté les chevaux était tout près de moi.

Peut-être que je le suis, lui dis-je.

Peut-être que tu es quoi ?

Célèbre.

Et que tu t'es envolée, dit-elle. Loin de ton talent et des hommes.

Je savais que ces pensées étaient les miennes, mais elles me rendirent un peu triste.

Pas un peu, beaucoup, dit-elle.

Je décidai que la femme qui avait acheté les chevaux était mon double. À mon oreille, sa voix était de la musique, une humeur, ou la combinaison de deux accords, parfois. Elle m'effrayait. Elle savait plus de choses que moi. Me faisait me sentir moins seule.

Pour une raison inconnue, mon ordinateur portable ne voulait pas passer à l'heure grecque, si bien que je devais sans cesse penser à ajouter deux heures à l'heure britannique. S'il était cinq heures de l'après-midi à Londres, il était sept heures du soir à Poros. Cette courbure du temps, vers l'arrière et vers l'avant, ajoutait à l'irréalité de me trouver en Grèce après le long confinement. En attendant, il y avait des toiles d'araignée dans les recoins de chaque pièce. Quand j'ouvris les fenêtres, le vent les secoua dans tous les sens. Ces toiles avaient été abandonnées depuis longtemps par celles qui les avaient fabriquées, comme moi.

J'étais une vraie bleue.
Je suis une vraie bleue.
J'étais, je suis.

De temps en temps, je me réessayais à quelque chose dans ma tête, l'embryon d'une symphonie, une empreinte mentale de combinaisons harmoniques. Il s'agissait des notes qui m'étaient venues à l'esprit le soir de mon concert à Vienne.

Je déchirais l'emballage de l'autotest antigénique que j'allais faire ici, à Poros. Le kit était fabriqué à Hangzhou, en Chine. J'imagine que ce dispositif était l'histoire humaine.

Tu esquives ta propre histoire, dit-elle.

J'esquivais ma propre histoire. Jusqu'à mes cinq ans, ma famille d'accueil m'appela Ann. Ils possédaient un piano, un piano droit Wurlitzer, c'était ce qui comptait, et ils me payaient des cours. Une femme venait à la maison les samedis, puis elle vint aussi les mercredis et vendredis. Entre ces trois cours par semaine et les heures que je passais à m'entraîner, je ne vivais plus que pour le piano et leur enfant avait quasiment disparu. Je n'étais clairement pas une petite fille enjouée. Eux étaient de gentils parents. Parfois, ils me posaient une question : es-tu heureuse, Ann ? Je faisais toujours en sorte d'éviter leur regard implorant. Puis le Wurlitzer se volatilisa. Quand Arthur m'adopta, je devins Elsa. Bien plus tard, alors que je commençais à gagner de l'argent, je demandai à Arthur d'en envoyer à cette famille afin de les dédommager pour ces cours de piano. Ce n'était pas nécessaire, d'après lui. À moins que je veuille les contacter, il pensait qu'il valait mieux oublier ça. Il était toujours très direct avec moi sur cette question. Non, disait-il, je n'accepte pas que tu croies qu'il faille payer pour ton talent et tes capacités et, ajoutait-il en me tapotant le nez, qu'il faille payer pour le fait d'être née ou pour qu'on s'occupe à peu près bien de toi. On s'était occupé de moi plus qu'à peu près bien. Ces gens m'avaient donné leur amour mais je ne l'avais pas senti.

Quelque chose clochait avec mes yeux. J'avais envie de pleurer, mais n'arrivais pas à produire de larmes. Si des sanglots s'échappaient de mes lèvres, les larmes, elles, les vraies larmes mouillées n'étaient pas là. Arthur m'avait dit que maintenant que je m'étais emmêlée les pinceaux dans le Rach alors que le concert était important, la seule salle qui m'accepterait encore serait la gare St Pancras. Les passagers me laisseraient des pièces dans un gobelet en carton pendant que je jouerais sur un des pianos mal accordés de la galerie commerciale.

Et qu'était-il arrivé ce soir-là à Vienne ?

J'avais perdu le fil sous la direction de M. Mes doigts avaient refusé de se lancer dans la solide suite d'accords mineurs qu'on retrouve dans tout le morceau. Impossible également de produire les harmonies plus légères et plus délicates. La structure de la puissante composition de Rach s'était disloquée. Quand j'avais regardé l'homme à Athènes mettre les piles AA dans le ventre des chevaux, je m'étais aperçue qu'*AA* étaient les initiales de mon nom de naissance, Ann Anderson.

Peut-être que c'est ce que tu fais, dit-elle.

Peut-être que je fais quoi ?

Chercher des signes.

Quel genre de signes ?
Des raisons de vivre.
Ça n'était pas un murmure.
À mes oreilles, c'était un chœur, peut-être même un titre.

Plus tard cette nuit-là, je faillis écraser un gros insecte sur le sol en pierre de ma chambre. Il y avait des fourmis sur lui et tout autour.

Je crus qu'il s'agissait d'une chenille. Puis je vis ses pinces et compris que c'était un scorpion. Je trouvai une spatule dans le tiroir de la cuisine, ramassai le scorpion et le jetai dans le jardin depuis le balcon. Cela me rappela la créature représentée sur le kilim qu'Arthur avait dans sa salle de musique à Richmond. Je l'avais souvent observée pendant que je répétais la joyeuse *Fantaisie-Impromptu*, Op. 66 de Chopin.

Je regardai la météo sur mon ordinateur hors du temps. Un vent à vingt-neuf kilomètres/heure soufflerait demain pendant ma journée avec Vass. Apparemment, Tomas, un ami documentariste de Max originaire de Berlin, se joindrait à nous. J'avais hâte de faire cette sortie en mer. C'était sans aucun doute une raison de vivre. Quand j'avais douze ans, Arthur m'avait emmenée passer l'été dans une maison qu'il avait louée dans le Devon, sur les berges du fleuve Dart. Le matin, nous travaillions les *Prélude* et *Fugue n° 2 en do mineur* de Bach et j'avais l'après-midi de libre. Arthur m'avait révélé Bach. Sa tâche, avait-il dit, était de réveiller tout ce qui dormait en moi. À partir de là, je pourrais m'échapper.

Bleu d'août

Un bateau était amarré à l'appontement. J'appris seule à ramer et me laissais entraîner par le courant. Je m'allongeais sur le dos et regardais les oiseaux dans les roseaux ainsi que les nuages à la dérive. Enfin seule. Mon corps était grand et mince. Mes seins poussaient, apparemment. Je retirai mon t-shirt et les regardai. Ils étaient intimes et ils m'appartenaient. Je commençais aussi à avoir des poils. En bas. Je glissai les doigts dans mon short et les caressai, ces poils doux et soyeux. Le soleil anglais tombait sur mon ventre et mes tout nouveaux seins. L'eau léchait les flancs du bateau.

Le temps que je regagne l'appontement, j'avais de la musique dans la tête, une phrase qui se répétait six fois. J'imagine que c'était un genre de journal intime, mais qui n'était pas composé de mots. Les oiseaux, l'eau soulevée par les rames, les interrogations sur le sexe, pas de mère, pas de père, un enchevêtrement de mûres qui poussaient dans un pré près de la maison de mon enfance. J'avais passé un pacte avec Dieu. Si je cueillais une baie à proximité de ce pré, je mourrais. Ce geste me révélerait quelque chose qui me tuerait. J'étais si pressée que je m'égratignai les bras contre les haies en remontant vers la maison de vacances. Je savais que dans l'une de ces pièces, Arthur écoutait et désapprouvait. Après tout, il faudrait toute une vie pour apprendre à jouer Bach.

5

Vass décida de sortir quand même. Il dit que le vent finirait par retomber. Le bateau fut secoué pendant vingt minutes. L'ami de Max qui nous accompagnait, Tomas, eut le mal de mer. Il avait autour de trente ans et portait des lunettes à monture d'écaille. Vass lui conseilla de fixer l'horizon, ça calmerait la nausée. Nous regardions tous les deux l'horizon. Il y avait eu un incendie quelque part sur le continent, attisé par le vent. Une épaisse bande de fumée flottait dans le ciel. L'air aussi était chargé de son odeur âcre. Tomas ne mit pas longtemps à vomir sur ses sandales grecques en cuir flambant neuves. Ses lunettes tombèrent et atterrirent dans la mare de vomi. Vass lui suggéra de se coucher sur le lit de la cabine. De temps en temps, il me chargea de donner de l'eau "au patient". Je récupérai les lunettes et Vass me montra comment brancher le petit pommeau de douche pour les nettoyer. Tomas était allongé sur le dos. Il portait un short et un t-shirt blanc, désormais éclaboussés de vomi. Quand je lui tendis les lunettes, je remarquai qu'il avait des yeux bleu-gris, la couleur de la fumée, peut-être. Ses cheveux châtain terne lui arrivaient aux épaules. Coups de soleil sur les genoux, piqûres de moustiques sur les tibias.

Il nous avait acheté une boîte de gâteaux, me dit-il, elle était dans son sac, n'hésite pas à te servir, des gâteaux à l'amande, une spécialité de la région. Je m'emparai du sac. Il avait emporté une bouteille d'eau, un tube de crème solaire, six canettes de bière et un livre sur Agnès Varda. Un ruban vert avait été noué autour de la petite boîte de gâteaux. Avant de vomir une fois de plus, il me dit que j'étais gentille.

Peut-être que je le suis.

Alors que le vent s'était calmé et que nous étions dans une baie à l'abri, Vass se mit à l'eau, plongea vers le fond, tête la première. Il avait une fourchette dans la main droite, une fourchette ordinaire, et un sac en plastique bleu dans la main gauche. Il pouvait retenir son souffle trois minutes, le temps d'enfoncer la fourchette dans l'oursin et de l'arracher du rocher d'un mouvement de torsion à gauche et à droite. Il me dit de faire pareil et ensemble, nous avons massacré suffisamment d'oursins pour un festin à la tombée du jour. Moi aussi j'étais capable de retenir longtemps mon souffle dans les profondeurs de la mer Égée, mais je devais remonter plus souvent que Vass. Chaque fois que je plantais ma fourchette dans un oursin et la tournais dans tous les sens avant de tirer dessus, je m'efforçais de protéger mes doigts des épines. Le soleil avait crevé la surface de l'eau et je nageais dans la lumière.

Le long confinement avait rendu la mer plus limpide. Les oursins pullulaient sur les rochers. Ma fourchette pointée vers l'un d'eux, mes cheveux bleus tressés et fixés sur mon crâne, mes bras tendus vers le haut. Je découvris ma brutalité. J'avais environ sept oursins dans mon sac bleu. Alors que je reprenais mon souffle, je m'aperçus que Vass était encore sous l'eau, s'activant avec sa fourchette. Je regagnai le bateau, trois épines dans les doigts.

Tomas allait mieux. Il prenait une douche nu sur le pont et chantait. Je ne le dérangeai pas pendant qu'il s'habillait, c'est-à-dire pendant qu'il nettoyait son short plein de vomi avant de l'enfiler tout trempé. Il me rejoignit avec deux canettes de bière et la boîte de gâteaux aux amandes.

Tu es une machine à tuer en bikini, dit-il.

Nous contemplâmes la fumée qui dérivait dans le ciel en sirotant notre bière. Ce qui me traversa l'esprit, via la fumée des feux de forêt sur le continent, était lié à la paille qu'on brûlait dans les fermes attenantes à ma première maison dans le Suffolk. Les fermiers avaient l'habitude de brûler ce qui restait de foin afin de faire de la place pour leurs semis d'hiver, mais l'année de mes cinq ans, le vent s'était levé et il y avait eu un gros incendie. Qui avait ravagé les villages environnants. La femme qui me donnait des cours de piano nous avait dit que ses laitues étaient mortes. Les fenêtres de la maison de mon enfance étant restées ouvertes, une couche de cendres avait recouvert mon piano. Le piano droit Wurlitzer. Elles s'étaient même infiltrées à l'intérieur. On avait parlé de trouver un nouveau piano à l'enfant prodige. Ce fut un arrachement, le jour où, descendant de l'étage, je découvris que le Wurlitzer avait disparu. Comme les oursins que nous avions arrachés violemment aux rochers. Ce piano avait été mon ancre et laissait désormais un vide. Une vague de panique déferla en moi. Je saisis un gâteau, moelleux et sucré, pareil à de la pâte d'amande, comme si c'était un médicament capable d'atténuer une douleur refaisant surface dans le présent.

Le temps que Vass remonte dans le bateau, Tomas et moi étions soûls. Nous avions ouvert quatre des bières et Tomas me chantait une chanson de Joni Mitchell. *Big Yellow Taxi*. Elle montait trop haut pour lui, mais il aimait le défi de trouver une voix en lui qui soit totalement étrangère à sa voix naturellement grave. Vass se mit dans l'ambiance et entonna le refrain avec nous tout en ouvrant les oursins.

Les entrailles de ces créatures étaient visqueuses et salées, avec un goût fort. Tomas, qui avait encore le cœur au bord des lèvres, dit qu'il ne pouvait rien avaler, mais me retirerait les épines des doigts.

Vass m'avait donné un bol d'eau chaude et m'avait dit d'y plonger la main. Je demandai à Tomas quel genre de films il réalisait. Surtout des documentaires, répondit-il. Il aimait Agnès Varda parce qu'un jour, elle avait déclaré qu'elle faisait des documentaires pour se souvenir de la réalité. J'étais dans cette réalité, profitant de la vie sur le bateau de Vass pendant que Tomas, armé d'une pince, retirait les épines de mes doigts assurés. Ma main droite reposait sur sa cuisse et je sentais son érection. C'était excitant, les épines qu'il me retirait et son désir.

6

Il ne fallut pas cinq minutes à Marcus pour me révéler son pronom de choix. Iel n'était pas sûr•e que le piano lui corresponde. Iel préférait le violoncelle, mais iel préférait surtout son chiot. On me présenta Skippy avec plus d'enthousiasme que le reste. Skippy était un nom sentimental pour un chien aussi féroce, un berger allemand de quinze mois au pelage noir et marron, et amoureux de Marcus. Skippy commença par vouloir manger mon chapeau. Son chapeau à elle. Pourquoi vous portez toujours ce chapeau mou, voulut savoir Marcus.

Je l'ai volé, répondis-je. Ma•on jeune élève me regarda avec un respect renouvelé.

À un moment donné, nous entendîmes quelque chose se briser. Skippy est en train de tout détruire dans la maison, dit Marcus. Vous êtes sensible au bruit ?

Je lui racontai que Mozart était si sensible au son de la trompette que si on en jouait trop près de lui, il s'évanouissait. Marcus s'esclaffa.

Je constatai qu'iel avait un don pour le piano même s'iel rechignait à travailler. Je devinai que Marcus considérait cet instrument comme incapable de parler pour ellui.

Je lui suggérai de se mettre au violoncelle, son autre instrument. Marcus me joua la sarabande de la *Suite pour violoncelle n° 1* de Bach.

Mais tu retiens ton souffle, dis-je.

Une grande partie du cours fut une conversation. Je demandai à Marcus s'iel pensait que la relation que nous entretenions à notre instrument était aussi compliquée que les relations dans la vie ?

Au bout d'un moment, le violoncelle et l'enfant se mirent à respirer ensemble. Mais Marcus dut retourner à son piano parce que c'était la raison de ma présence. J'étais sur une chaise tandis qu'iel jouait. Quand je voulais corriger une erreur, je lui soulevais le poignet du clavier. Vous me volez ma main, disait Marcus, comme vous avez volé le chapeau.

Je décidai de ne plus jamais faire ça.

Sa mère, norvégienne, semblait fière de l'exubérance charmante de son enfant. Avant que je parte, elle me dit, Nous avons entendu parler du concert de Vienne, comme tout le monde, mais en ce qui me concerne, c'est une chance de vous avoir ici. Elle déposa quatre-vingt-dix euros sur la table et fit semblant de consulter son téléphone pendant que je prenais les billets et les fourrais dans mon sac.

J'aime écouter mon fils jouer du violoncelle, dit-elle. Ça réchauffe la maison.

Apparemment, Marcus n'avait pas partagé son pronom de choix avec sa famille. Elle me raconta certains souvenirs de son pays natal, le goût particulier des crevettes en janvier quand l'eau est froide, et les écrevisses délicieuses qu'elle achetait en direct aux pêcheurs dans le port d'Oslo.

Hei ! lança-t-elle à son enfant.

Hei ! lança Marcus en retour.

Elle arborait un rouge à lèvres abricot, ses cheveux blonds attachés en chignon haut, style Brigitte Bardot. Les petits diamants à ses oreilles, de la taille d'une tête d'épingle, brillaient sur ses lobes comme des larmes minuscules.

J'invitai Marcus à manger une glace avec moi au café du coin. J'étais à l'aise en sa compagnie. Marcus expliqua préférer prendre une limonade, qu'iel descendit en trois secondes. Les enfants du village lui demandaient toujours d'intégrer leur orchestre. Pourquoi pas ? Tu aimes jouer avec d'autres musiciens, non ? Iel admit que oui, mais il y avait des problèmes. Des problèmes de quelle nature ? Marcus tira sur la marguerite de sa tong droite et se débrouilla pour l'arracher. Le reste de notre rendez-vous consista à trouver un moyen de la recoller sur le Y de la lanière, au niveau des orteils. Pendant ce temps, iel me dit où acheter des chaussons grecs. À l'origine, ils étaient en cuir, m'expliqua Marcus, avec cinquante clous plantés dans la semelle. À leur pointe était fixé un gros pompon en laine. Durant la révolution grecque, ces pompons auraient servi à cacher des objets aiguisés, comme un couteau, gloussa Marcus.

Iel demanda pourquoi j'avais volé le chapeau. Je lui parlai de la femme qui avait vu les chevaux avant moi. D'après Marcus, cette situation était complètement folle. Iel voulut en savoir davantage sur Arthur Goldstein.

Je crois que je l'ai déçu, dis-je.

Ouais, fit Marcus. J'ai déçu mon père, moi aussi. Je suis censé•e être son p'tit bonhomme, mais je vais laisser ce rôle à mon grand frère.

Où se trouvait-il, son frère ?

Dans un pensionnat en Angleterre.

Iel tirait sur sa paille. Le verre étant vide, la paille émettait un sifflement. Soulevées par le vent, les serviettes blanches de notre table s'envolèrent et flottèrent un moment au-dessus de nos têtes.

Marcus me toucha les cheveux.

Je suis une vraie bleue, dis-je. J'ai mis trois bombes de teinture dans ma valise. Au fait, je veux que tu travailles la *Sonate pour piano n° 1 en do mineur* Op. 49 de Brahms.

Même pour un•e élève exceptionnellement doué•e comme Marcus, c'était une tâche impossible.

J'ai vu des photos d'Arthur Goldstein. Marcus feignait de ne pas m'avoir entendue. Il fait la même taille que Skippy. Et il est gay.

Oui, dis-je, il ne s'est pas passé un jour sans qu'il ne soit menacé d'être violenté ou ridiculisé, surtout quand il était plus jeune. Il est né en 1941, après tout. Ça n'a pas été simple pour lui de m'adopter, mais son statut de professeur respecté de par le monde a aidé. J'ai raconté à Marcus que quand j'avais six ans, Arthur m'avait dit, Si je deviens ton professeur, je t'emmènerai très loin de la vie telle que tu la connais.

J'aimerais que vous m'emmeniez très loin de mes parents, commenta Marcus. Pourquoi vous n'ouvrez pas une école ?

Je lui expliquai que j'étais allée dans une vraie école. À part moi, les élèves d'Arthur ne résidaient pas sur place. Il ne s'y tenait que des cours, des concerts et des stages d'été. Arthur voulait que nous apprenions à jouer ensemble, pour être moins désordonnés. À seize ans, j'ai craqué pour le directeur d'un conservatoire estonien venu nous voir pendant le stage d'été. Il avait l'âge que j'ai aujourd'hui, trente-quatre ans, il était beau, charismatique. Il trouvait qu'Arthur avait négligé certains aspects dans ma technique et j'étais folle de désir. Lors d'un duo avec lui, j'ai failli m'évanouir, ses coudes et ses doigts si proches des miens, mais quand Arthur s'en est rendu compte, il s'est mis dans tous ses états, lui a dit de plier bagage et de rentrer en Estonie. Quand je lui ai demandé pourquoi, Arthur a dit, Comment ça pourquoi ? Parce que je suis amoureux de lui et qu'il a préféré ma meilleure élève. Marcus rit.

Peut-être que cet Estonien aimait les hommes plus grands ?

Dans l'intervalle, dis-je, tu peux aussi travailler l'exaltante *Sonate pour violoncelle seul* de Ligeti.

Tout est bon pour échapper à papa en télétravail, répondit Marcus.

J'avais l'impression que cet homme avait déjà écrit la partition de son enfant. Pour des raisons personnelles, ça me rendait furieuse. J'avais passé tout un cours à encourager Marcus à ne pas retenir sa respiration, alors je lui demandai ce qu'il faisait pour se détendre.

J'aime danser sur Prince avec Skippy.

J'aime regarder Isadora Duncan danser sur YouTube.

C'est qui ?

La mère de la danse moderne.

Moderne comment ?

Elle est née en 1877.

7

J'entamai une amitié avec Tomas qui avait été malade sur le bateau. Dans quelques semaines, il partirait à Paris écrire son documentaire sur Agnès Varda. Nous avons loué des mobylettes pour explorer l'île. C'était un conducteur prudent et je le doublais souvent, klaxonnant bruyamment à chaque fois que cela arrivait. Les taxis aussi le doublaient, et il fut même dépassé par un cycliste de soixante-quinze ans.

Il voulait en savoir davantage sur ma vie de pianiste.

Je m'aperçus que je retenais mon souffle.

Ma vie avait à ce point volé en éclats qu'il n'y avait peut-être plus aucune raison de la recoller pour Tomas.

*

Seule avec les toiles d'araignée dans la maisonnette de Poros, je concoctai une salade au melon et à la feta. Il m'arrivait d'entendre la mélodie de minuit de la femme qui avait acheté les chevaux. Je relevais sa tonalité, la mettais par écrit, composant un genre de musique tandis que le soleil glissait lentement dans la mer rougeoyante. Et comme d'habitude, je pensais à Isadora Duncan. Elle croyait par-dessus tout à ce qu'elle appelait la liberté d'expression : "Je vous montrerai toute la beauté d'un corps humain qui danse quand des pensées l'inspirent." Elle parlait sans doute de pensées élevées et tournées vers l'extérieur.

Il y a des pensées qui me font sombrer et rentrer en moi.

Il est si abject d'exprimer la solitude que j'ai en moi. Je ne suis pas sûre de pouvoir m'emparer de cette liberté pour trouver un langage musical qui la révèle. Après tout, j'ai appris à la dissimuler. Les maîtres anciens sont mon bouclier. Beethoven. Bach. Rachmaninov. Schumann. Leur vie intérieure est d'une valeur inestimable.

Tu parles au présent, dit-elle.

Je me surprends dans le miroir à porter son chapeau.

Peut-être que je le suis.
Peut-être que tu es quoi ?
Occupée à chercher des raisons de vivre.

J'avais toujours une épine d'oursin plantée dans le doigt alors que j'écoutais les nouvelles du monde sur mon ordinateur. La feta salée. Le melon sucré et juteux. Les papillons qui se posaient sur le néflier du Japon dans le jardin. La voix de robot du présentateur lisant les informations. Les cigales. Les figues qui tombaient des arbres. Le rire venant du jardin en contrebas.

Je n'aurais jamais dû mettre les nouvelles.

Tout au fond de moi, au plus profond, sans ancrage, la rage face à ceux qui composaient ces nouvelles. Le même vieux langage. La même vieille rengaine. Reprise en boucle. Un jour, on leur érigera des statues dans chaque ville du monde. À côté de leurs doubles de bronze, les esclavagistes et les impérialistes.

Peut-être que je le suis.
Peut-être que tu es quoi ?
Accablée.

Ce soir-là je continuai d'écrire, annulai mes pensées les plus tristes. Cela ne les fit pas disparaître, mais mon amour pour les bras et les pieds nus d'Isadora ne faiblissait pas. C'était une façon d'être au monde. Bras levés et tournée vers l'extérieur.

8

Le cours suivant fut turbulent. Marcus semblait s'être disputé•é avec son père et avait manifestement pleuré. Je lui suggérai de prendre son violoncelle et j'improviserais au piano. Cela dura un moment.

J'étais frappée par la posture de Marcus quand iel jouait, sa grâce et sa concentration. J'avais eu tort de croire qu'iel ne prenait rien au sérieux. Pendant la pause, nous avons regardé les vidéos d'Isadora sur mon téléphone. Nous entendions ses parents se crier dessus à l'étage. Steve travaillait à la maison et cela causait des problèmes à sa femme et son enfant. Il prenait beaucoup de place. On pourrait essayer de danser comme elle, proposai-je.

Vous dansez, dit Marcus, je vous accompagne au piano. Qu'est-ce que je joue ?

On convint d'une sonate de Schubert et Marcus prit ma place sur le tabouret. Je dénouai les lanières de mes nouvelles sandales grecques et défis ma tresse. Il était maladroit, ridicule, de vouloir imiter un langage aussi spécial et archaïque. Une danse proche du ballet, qui avait pourtant fait exploser la plupart de ses conventions. Je finis par me dire qu'il était plus intéressant de la respecter que de s'en moquer.

Lever mon bras droit, puis ma main gauche et donner une réponse à l'humiliation de la Salle dorée de Vienne me rapprocha davantage des pensées que j'avais annulées que je ne l'aurais souhaité. Marcus cala la musique sur ma danse selon son inspiration, si bien qu'à la fin, iel improvisait sur Schubert en créant quelque chose de nouveau. Je compris que Marcus avait une très grande intelligence musicale. Puis je l'invitai à échanger nos places. Et si je jouais Schubert et qu'iel était Isadora ?

Avec Marcus, tout était sauts, cavalcades et chutes, bras levés vers les dieux, pour les supplier, les implorer, échapper au grondement de leur colère. Schubert ne correspondait pas à l'humeur de l'instant alors je jouai autre chose. La porte de la salle de musique s'ouvrit à la volée. Quelqu'un avait donné un coup de pied dedans. Le père de Marcus entra avec une assiette de spaghettis bolognaise. Il essayait de travailler sur son ordinateur au sous-sol, dit-il, mais des battements sourds lui arrivaient de la salle de musique. Maintenant, il voulait déjeuner et c'était encore pire. Devant son enfant, il me demanda si j'étais prof de danse ou de musique ? Pour quoi me payait-il ? Si j'étais prof de danse, mon tarif devrait être moins élevé que celui des cours donnés à son fils par une pianiste virtuose de renommée internationale.

Les musiciens ont besoin d'éprouver Schubert dans leur corps afin de le jouer avec sensibilité, répondis-je.

Marcus était cloué•e sur place, agenouillé•e, les bras et la tête levés vers le plafond.

Debout, p'tit bonhomme, ordonna son père.

Marcus refusa.

Steve se dirigea vers son enfant. Une fois de plus, il demanda à Marcus de se lever. Il était hors de lui. Pris d'une colère froide. Marcus contempla le mur et ne bougea pas. Iel avait le genou gauche au sol, jambe droite tendue, pied pointé comme en danse classique. Le regard de Steve se tourna d'un coup vers la fenêtre comme s'il avait peur d'être observé par un simple passant. Dehors, la mer était calme. Deux cyprès se tendaient vers le ciel. Steve me dit que j'étais renvoyée et quitta la pièce.

Je proposai à Marcus d'emmener Skippy faire une promenade au port. Nous avons descendu en courant les escaliers qui conduisaient à la mer. Cette journée me parut remplie de beauté, de violence et de tragédie.

Tu sais quoi, Marcus, on va mettre le piano sur pause. Reprends le violoncelle. J'ai une amie violoncelliste à Athènes. Elle s'appelle Bella et t'enseignera cet instrument mieux que moi.

Marcus ramassa une petite pomme de pin sur le chemin et la glissa dans sa poche.

Vous ferez des duos. Le violoncelle est son second instrument. Le seul exercice que je te donne, c'est de créer une composition personnelle de deux minutes, douze secondes. C'est difficile, mais c'est la seule contrainte.

En fait, je ne sais jamais ce que je fais avec le violoncelle, dit Marcus.

Je lui racontai qu'Isadora avait la conviction que si elle pouvait expliquer ce qu'elle faisait, il n'y aurait aucune raison de le danser.

Je perdais mes sandales. Marcus et le chien durent attendre pendant qu'assise sur un banc, je croisais les lanières en cuir sur mes mollets. Un nœud à gauche, un autre à droite. Skippy avait sa langue rose et humide qui pendait, ses yeux remplis de dévotion rivés sur Marcus. Quand vous rentrerez à Londres, dit Marcus, enhardi par l'amour de son chien et le fait que je ne semblais pas du tout perturbée par mon renvoi, s'il vous plaît, arrêtez de porter ce chapeau mou. Pourquoi vous ne vous achèteriez pas un bonnet en laine avec un pompon ?

9

Tomas et moi avions décidé de boire beaucoup d'alcool dans notre bar préféré. Nous étions perchés sur un banc bancal en bois, nos genoux se touchaient et un poster de Salvador Dali était punaisé au mur en face de nous.

Bon, dit-il en me regardant à travers ses lunettes en écaille, maintenant que tu as été virée et que tu dois quitter ta jolie maisonnette, parlons de ta conduite.

Comment ça, ma conduite ?

Manifestement, tu es imprudente et la vie n'a aucune valeur à tes yeux.

Manifestement, répliquai-je, tu as bien trop peur de perdre la vie.

Ah, on se complète à la perfection, soupira-t-il, tu n'as pas assez peur et moi trop.

Il y eut une autre tournée de margaritas.

Il était intrigué par les robes que je portais à mes concerts. Où se trouvaient-elles ? Rangées dans ma penderie, à Londres. J'avais l'impression qu'elles appartenaient à une morte. Toujours sans manches. Parfois dos nu. Surtout, elles étaient coupées dans des tissus fluides qui supportaient bien le transport. Je lui demandai ce qu'il portait pour écrire ses documentaires.

Ici en Grèce, un short et parfois un sarong. À Berlin, il préférait mettre un pull sur un jean. À Paris, il portait des pantalons plus légers, allait même jusqu'à revêtir un costume s'il devait voir des producteurs. Il remarqua que j'étais plus grande que lui. Il voulut savoir si mes parents étaient grands, eux aussi.

Non, répondis-je, mon père est à la limite du nanisme.

Je lui parlai d'Arthur. Il était hors de question que je me lance dans mon histoire d'adoption.

Tomas se mit à chanter *Moonage Daydream* à sa margarita.

J'ignorais que mes papiers d'adoption ne mentionnaient pas le nom de mon père biologique. Arthur m'avait dit qu'il ne comptait pas, que cet homme n'avait pas voulu me reconnaître à la naissance. Peut-être était-il grand. Peut-être ma mère biologique était-elle grande. Peut-être avais-je été conçue sur un âne mort dont les yeux pourrissaient dans leur orbite. Qu'est-ce que j'en savais ?

J'aimerais apprendre à mieux te connaître, dit Tomas.

Puisque c'était ma dernière nuit à Poros, nous sommes allés nager à deux heures du matin dans un endroit appelé la baie de l'Amour. La baie était cernée par une forêt de pins, l'eau azur calme et aussi plate que celle d'un lac.

Vas-y, vas-y, me dit mon double.

C'est-à-dire ?

Je me déshabillai et laissai mes vêtements sur le sable. Je n'étais pas à l'aise avec mon corps, pas même dans l'obscurité de la nuit. Il n'avait pas été aimé, peut-être n'avait-il jamais été aimé. Et aucun amant ne l'avait touché depuis longtemps. Je ne savais pas quoi en faire quand il n'était pas en conversation avec un piano. Ni comment réagir au regard de Tomas quand il vit le bijou vert qui me perçait le nombril.

On entra dans l'eau calme et fraîche, et en plongeant, je repris la conversation avec la femme qui avait acheté les chevaux. Mes chevaux.

Soulève la queue du cheval, disait-elle. Vas-y.

Je nageai vers Tomas. Nous étions tout près. Je lui passai les bras autour du cou et mes lèvres se posèrent sur les siennes. Il tremblait bien que la nuit fût chaude. Son désir était plus fort que le mien. Soudain il avait les mains partout sur mon corps et ses doigts à l'intérieur de moi.

Ce n'était pas ce que je voulais.

Oui, dit-elle, mais quelle tempête est plus forte que deux humains nus en train de s'embrasser ? Tu as actionné l'interrupteur, tu as examiné la question, et finalement, tu n'as pas envie de faire l'amour dans la baie de l'Amour. Ça s'entend. Peut-être que ce baiser est le prélude à autre chose, comme un concert ?

Je m'écartai de Tomas et nageai en direction des pins. Il me rattrapa et tenta de m'embrasser à nouveau.

Non, lui dis-je, je ne veux pas faire l'amour dans la baie de l'Amour.

Il eut l'air déçu et peiné, mais je me dis que ce n'était sans doute pas la pire chose qui lui soit arrivée. Que fait-on quand le désir n'est pas le même ? Ou du moins qu'il n'y en a pas assez d'un côté ?

On se retire, déclara mon double. Le désir n'est jamais juste.

Tomas nagea seul un moment. Puis il me rejoignit.

J'ai changé d'avis, dit-il. Tu n'es pas gentille.

Flottant sur le dos, on respira l'odeur des pins.

Pourquoi est-ce qu'il faudrait que je couche avec toi pour être gentille ?

Il rit, je ris aussi, mais nous n'y croyions pas alors nous replongeâmes pour ne pas avoir à en parler.

10

Je quittais la Grèce à regret. Je savais que c'était une fuite en avant, mais je n'avais pas envie de planter une fourchette dans ma vie ni de l'examiner de trop près. Marcus m'accompagna au port pour me dire au revoir. Son père, qui tenait tellement à contrôler le corps de son enfant avec ses *p'tit bonhomme* provocateurs, vidait une bouteille de whiskey seul sur la plage. J'avais raconté à Vass ce qui s'était passé. Il proposa à Marcus de venir nettoyer son bateau tous les samedis histoire d'échapper à Steve de Baltimore. Apparemment, ce dernier avait été vu dans plusieurs tavernes en train d'aboyer des ordres, mais personne ne lui avait prêté attention, pas même pour lui servir un verre d'eau. Je craignais toutefois qu'il fasse à nouveau pleurer son enfant. La mère de Marcus avait accepté trois cours de violoncelle avec Bella. Quand j'appelai mon amie pour lui annoncer que j'avais été virée et qu'en conséquence, elle avait un peu de travail, Bella me dit qu'elle était très heureuse de passer ses journées au lit avec Max. Ce n'était pas si mal, le chômage. Pour l'instant, elle pouvait se payer du pain, quelques olives, des tomates et autant de vin bon marché qu'elle pouvait en ingurgiter. Pour tout dire, Max et elle ne se levaient pas avant dix-huit heures, mais ok, elle prendrait le job, merci, et sinon, comment ça se passait avec Tomas ?

C'étaient les derniers jours de septembre. La mer était encore chaude, mais les soirées devenaient plus fraîches. J'étais contente d'avoir mon chapeau. Son chapeau.

J'avais coincé un brin de jasmin dans le ruban. Et dans ma tête, sous le chapeau, j'entendis le bourdonnement grave des abeilles en train de travailler à l'intérieur du jasmin. Pareil à un drone ou à quelque chose sur le point d'exploser.

11

LONDRES, OCTOBRE

Je revis la femme qui avait acheté les chevaux dans le nord de Londres. J'eus l'impression qu'elle hésitait à regarder dans ma direction. J'étais avec Rajesh dans un café turc sur Green Lanes. Les voitures n'avançaient pas, comme d'habitude, mais Rajesh m'avait expliqué qu'autrefois, on passait par cette artère pour conduire le bétail d'Hertford jusqu'aux abattoirs de l'Est londonien. Souvent avec des chiens pour garder les animaux dans le rang.

Rajesh était né à Dublin et parlait irlandais couramment. Il avait un don pour les langues, mais la clarinette, disait-il, était sa première langue. Il avait commandé ce qu'on appelait un “petit déjeuner à partager”. Il fut servi avec trois œufs au plat pour deux, si bien que lorsque j'aperçus la femme qui descendait Green Lanes, je me dis que c'était le signe qu'elle devrait se joindre à nous. Je me dirigeai vers la fenêtre avec l'idée de lui proposer notre troisième œuf. Elle arborait un chignon maintenu par un filet décoré de minuscules perles rouges.

Cette fois encore, son visage était dissimulé sous un masque chirurgical bleu lui couvrant le nez et le menton. Elle ne portait pas le chapeau puisque c'était moi qui l'avais. Si j'étais surprise de la voir, elle-même semblait préoccupée, l'esprit ailleurs. Elle était près d'une boulangerie turque appelée Yasar Halim et regardait son téléphone. Peut-être était-elle perdue ? Je lus du découragement dans ses épaules tombantes, ce qui me troubla parce qu'elle avait été très animée à Athènes. Il faisait froid et elle portait un col roulé sur un jean évasé, une veste jetée sur les épaules, une veste à fines rayures et doublure rose qui ressemblait énormément à l'une des miennes. Puis elle abaissa son masque pendant trois secondes. Comme pour mieux respirer. Inspiration expiration, inspiration expiration, inspiration expiration, après quoi elle le remit.

Rajesh était seul à table puisque j'étais à la fenêtre. Il engloutissait des poivrons verts allongés, des feuilletés à la feta, une salade de concombre, des olives, des tomates, de l'halloumi.

Qu'est-ce qui t'arrive, Elsa ?

Je n'arrête pas de voir cette femme, répondis-je.

Tu la connais ?

Je l'ai vue à Athènes.

Pourquoi tu ne vas pas lui dire bonjour ? Il plongea sa cuillère dans un pot de miel et fit couler le liquide sur un bout de pain.

Tout ce que je savais, c'était que je ne devais pas sortir physiquement dans la rue pour la saluer. Je savais qu'elle était là, mais ne voulais pas l'effrayer. Je devinais que c'était capital. Elle savait que j'étais là, mais continuait à refuser de regarder dans ma direction. Elle avait peut-être honte de moi. Il se passait quelque chose dans le ciel. Des volées de pigeons s'étaient posées sur un toit au-dessus de la boulangerie. Puis ils s'envolèrent de concert au-dessus de la cheminée et se dirigèrent vers un autre toit. Qui ne leur plut pas davantage. Les gens ne remarquaient pas les oiseaux malheureux sur le toit parce qu'ils regardaient devant eux. Mais elle avait les yeux levés et je regardais ce qu'elle regardait.

J'ai ton chapeau, lui dis-je dans ma tête. Je te le rendrai quand tu m'auras rendu les chevaux.

La question n'est pas de rendre les chevaux, rétorqua-t-elle. Ce n'est pas parce que tu les veux que tu peux les avoir. Elle parlait d'une voix basse. Plate. Elle se dirigea vers une boutique qui vendait des bijoux de mariage en or et examina les bracelets, les bagues et les colliers avec indifférence.

Alors, comment ça va ? demanda Rajesh, à qui je tournais le dos. Ça va, tu pourrais me passer le pain, merci. J'étais toujours à la fenêtre. Il passa le pain et plusieurs confitures à quelqu'un qui n'était pas là, à un espace vide. Le chapeau était sur la chaise à côté de lui.

Les ordures des magasins étaient dans des sacs-poubelle déposés sur Green Lanes. La nuit, les renards de la ville, qui pouvaient émettre au moins vingt-huit sons différents, je le savais, sortaient chercher de la nourriture pour leurs petits. Des masques chirurgicaux bleus, noirs et roses jonchaient également le sol, abandonnés près de lampadaires et de vélos cadenassés. Tout le monde s'était habitué à eux. Les masques étaient trempés de salive et de morve. Certaines personnes qualifiaient ces masques de muselières et refusaient de les porter. Peut-être n'était-elle pas mon double après tout. Son corps était sans énergie. Quand elle disparut vers Turnpike Lane, je me dis qu'il y avait eu erreur sur la personne.

Je finis par m'asseoir.

Donc, tu ne veux pas lui dire bonjour ?

Je secouai la tête.

Euh, au fait, c'est un petit déjeuner à partager. Pour l'instant, je l'ai partagé avec moi-même. Comment c'est, le retour à Londres ?

Je lui racontai pourquoi on m'avait virée de mon job à Poros. Il rit pendant deux minutes environ, puis à nouveau pendant douze secondes. Les larmes roulaient sur ses joues. Il les essuya avec sa serviette blanche amidonnée.

Bon sang, Elsa. Non mais, Isadora Duncan était ridicule.

Bien obligée, puisqu'elle faisait quelque chose de nouveau. C'est la mère de la danse moderne.

Puis je lui parlai des fourmis qui couraient sur le bord de ma baignoire dans mon appartement londonien. Chaque jour, des colonnes de fourmis couraient autour de moi avec détermination pendant que je prenais mon bain. Il n'y avait là rien à manger à part du savon, du shampoing et du dentifrice. Rajesh me conseilla d'acheter trois pièges à fourmis. Elles se précipiteraient vers le nectar empoisonné et iraient empoisonner leur nid dans la foulée. Je l'écoutai mais n'étais pas très motivée. Après ça, dit-il, tu trouves d'où elles viennent et tu bouches le trou. J'avais l'impression que les fourmis avaient trouvé un portail s'ouvrant sur mon monde. Les chevaux aussi étaient un portail s'ouvrant sur un autre monde.

Peut-être qu'ils ne le sont pas.
Peut-être qu'ils ne sont pas quoi ?
Un portail. Ce monde est en toi de toute façon.
Je voulais poursuivre cette conversation, mais la communication avait été coupée sur Green Lanes.

*

Je dis à Rajesh que depuis le fiasco du Rach, il m'arrivait de sortir de chez moi, puis de faire demi-tour pour vérifier que j'avais bien éteint le gaz. Il me dit que ça lui arrivait aussi. Pendant un moment, il avait peur que son frigo explose. Pourquoi ça ? L'appareil gémissait la nuit. Par ailleurs, Rajesh vivait très mal ses kilos en trop. Il n'avait pas pu se réfréner de manger pendant le confinement. L'envie de glucides le tiraillait sans cesse. Scones, pain à la levure chimique, crumpets, biscuits de toutes sortes, surtout ceux à la cardamome vendus par le confiseur indien près de Turnpike Lane. Pendant le premier confinement, entre deux répétitions de la sérénade pour clarinette et piano de Schubert, il avait dégoté une épicerie qui fabriquait ses gâteaux préférés, des *cross buns* de Pâques, sauf que là, ils étaient disponibles toute l'année.

Ne me parle pas de Schubert, grimaçai-je.

C'est très apaisant de jouer quand les gens meurent dans ta rue, répliqua-t-il, mais bref, ces réserves inépuisables de gâteaux de Pâques l'avaient contrarié. Le rapport au temps était déjà assez bizarre comme ça durant la pandémie. Au premier confinement, sa journée tournait essentiellement autour de la préparation du dîner, qu'il prenait dans son bain.

Pourquoi le bain ?

J'y regardais aussi des films. Tu me trouves gros ?

Le tissu de sa chemise tirait sur les boutons et son ventre débordait par-dessus sa ceinture.

Non, dis-je, pas du tout.

Mais bref, enchaîna-t-il, ce qui m'a vraiment manqué pendant le confinement, ça a été de me payer des cafés. Siroter un *flat white*. Si mon identité est si fragile qu'elle dépend d'un *flat white* pour tenir le coup, à quoi bon avoir passé des années à lire d'obscurs textes théoriques et philosophiques ? Le capitalisme m'a vendu un *flat white* comme si c'était une tasse de liberté.

Puisqu'il n'avait pas de travail, il faisait les courses pour ses vieux voisins, Paul et Alizée, ce qui le soulageait. Sa journée avait un semblant de structure et il se sentait utile, mais cela le perturbait aussi. Ils avaient survécu à un long mariage, soixante ans ensemble, se tenant toujours la main, l'un finissant les phrases de l'autre, devançant ses désirs.

Ses autres voisins étaient à fond dans l'astrologie et l'héroïne. Ils lui avaient dit que ses couleurs porte-bonheur étaient le violet et le doré, ses nombres d'or le trois et le neuf, son oiseau porte-chance le vautour. Et donc ? Que faire maintenant qu'il était seul avec sa clarinette, seul avec son frigo geignard et ses *cross buns* quatre-saisons, et alors qu'il y avait zéro vautour sur Salisbury Road ?

Sans parler qu'il ne rentrait plus dans ses pantalons.

Qui voudrait coucher avec un accro aux petits pains obèse et déprimé ? Il n'avait même pas envie de coucher avec lui-même. Les quelques fois où il essayait d'entraîner son pénis sur les routes du plaisir, ce dernier ne voulait rien entendre. Pendant ce temps, dit-il, regarde ces types du resto en train de découper les poivrons à faire rôtir dans la soirée. Un autre découpait des tomates, des concombres et des oignons pour les salades, et il n'était que neuf heures trente au Royaume-Uni. C'est une sensation agréable, dit Rajesh en désignant les hommes en tablier blanc qui débitaient une moitié d'agneau sur une plaque de marbre, de voir le dîner être préparé, même pour lui qui était végétarien – d'accord, il mangeait du poisson, mais au moins, ce n'était pas un animal à sabots.

Il y avait des jours où il se disait que c'était la fin du monde, mais les générations qui nous avaient précédés n'avaient-elles pas toujours pensé cela ? Son ex-femme aussi lui manquait.

Bella, tu veux dire ? l'interrompis-je.

Oui, Bella. Sa façon de lui faire sentir qu'elle l'aimait au début, sa façon de lui faire sentir qu'elle ne l'aimait plus à la fin, mais il lui boutonnerait son manteau n'importe quand. Elle lui manquait et il tiendrait un parapluie au-dessus de sa tête en cas de pluie. Il regrettait beaucoup de ne pas s'être mieux comporté avec Bella, mais quand les balles volaient, difficile de jouer les diplomates et de faire la paix, les blessures étaient trop profondes et ils s'étaient rencontrés si jeunes, alors qu'il était encore plus bête qu'aujourd'hui. Je ne lui dis pas que Bella s'offrait une orgie de sexe et de vin à Athènes.

Rajesh voulait savoir qui serait mon prochain élève. Une adolescente de seize ans à Paris. Elle s'appelait Aimée. Je logerais dans un appartement inoccupé qui appartenait à sa grand-mère.

C'est bien que tu travailles à l'étranger, dit-il, mais entre nous, pourquoi tu ne montes pas des stages d'été dans un château quelque part en Europe où tu pourrais nous embaucher ? Je n'ai pas un rond.

J'allais lui transmettre le message de Bella sur les six mois d'emprunt à payer, mais une fois de plus, je me ravisai.

Nous discutâmes d'Arthur. Rajesh me rappela l'époque où il dirigeait encore des orchestres. Quand, après un concert, son assistant lui apportait un verre de Bénédictine et une cigarette en coulisses.

Il marche tous les jours et il est très en forme pour un homme de quatre-vingts ans, dis-je. La Sardaigne lui réussit. Il aime le soleil. Il aime le vin. Il a des goûts très classiques en matière de nourriture. Apparemment, son voisin est anglais, Andrew. Il lui prépare du *Shepherd's pie* et le congèle pour qu'Arthur puisse se le réchauffer le soir. La cuisine italienne le laisse totalement froid. Le voisin s'occupe aussi de son électricité. Il a un générateur qui saute tout le temps.

Mais pourquoi la Sardaigne ?

Il affirme qu'on peut davantage aimer dans le Sud.

Il est grotesque.

Et c'est pour toutes ces raisons que je l'aime.

Je montrai à Rajesh la carte postale d'Arthur que je venais de recevoir à Londres.

Envoie-moi tes mains hydroalcoolisées pour que je puisse les poser sur mon vieux cœur.

Ne lis pas ses cartes postales, dit Rajesh. Il est fou. C'est bien connu. Prends soin de toi et remonte sur scène. Tout le monde sait que tu es une reine.

Peut-être que j'en suis une.

Qu'est-ce qu'on fait des œufs ?

Notre petit déjeuner à partager était toujours là. Rajesh avait mangé un œuf. Il en restait deux.

Rajesh en engloutit un autre avec le reste de pain. Amuse-toi bien à Paris, dit-il, j't'aime.

Pourquoi ne pas assumer de dire “je t'aime” en entier ?

C'était peut-être ce qui avait exaspéré Bella.

Le serveur arriva avec l'addition et je mis le chapeau.

C'est pour moi, dis-je à Rajesh.

Il émit une sorte de gémissement. S'il parlait comme ça à son pénis, alors il ne fallait pas s'étonner que celui-ci ne se laisse pas entraîner sur les routes du plaisir.

Merci, dit-il. Je te préparerai le déjeuner de Noël.

Il y avait encore un œuf sur l'assiette, brillant et intact. Comme le Steinway dans mon appartement londonien en rez-de-chaussée. La veille au soir, je l'avais recouvert d'un drap et j'avais ri parce que ça m'avait rappelé Vass me racontant qu'il avait attrapé une sirène et l'avait ficelée dans ses filets avant qu'elle ne puisse l'ensorceler.

Peut-être que tu devrais.
Peut-être que je devrais quoi ?
Ne rire et sourire que si tu es sincère.
La femme qui avait acheté les chevaux était de retour. Des fois, elle voulait m'arracher toute envie de sourire.

Au fait, dit Rajesh en feignant l'indifférence, tu as vu Bella à Athènes ?
Oui, cinq minutes.
Il tenait une fourchette, ce qui me rappela que je lui avais rapporté un souvenir de Grèce.
J'ai quelque chose pour toi, dis-je, et, après avoir fouillé dans la poche de mon imperméable vert, je lui donnai l'un des oursins que j'avais pêchés avec Vass. Ce n'était plus qu'un squelette, une coquille, sans aucune épine vivante et frémissante. Peut-être qu'il ressemblait à son mariage en état de mort clinique.
Moi aussi j'ai un petit cadeau pour ton séjour à Paris. Rajesh sortit quelque chose de son sac en toile, qui arborait le nom d'un magasin de e-cigarettes. On aurait dit une prise de courant. Reliée à un petit radiateur soufflant. La tête sur mon épaule, il m'expliqua son fonctionnement.
Je t'aime, Rajesh, dis-je sincèrement.
Le serveur vint débarrasser notre petit déjeuner à partager. Nous restâmes à notre place, sa tête toujours sur mon épaule tandis qu'il me reparlait des animaux du Hertfordshire conduits à l'abattoir via Green Lanes. À cette époque, dit-il, nous aurions entendu la scie et le marteau des maçons, des charpentiers et des forgerons. Et sans doute aussi le

fracas des charrettes et des chariots sur les pavés. Par la fenêtre, nous observâmes les gens sortis faire leurs courses dans la grande rue. Le pire de la pandémie était passé, mais tout le monde avait l'air épuisé et accablé. Une adolescente qui attendait au feu mangeait un serpent gélifié. Elle lui mordait la tête. Le temps que le feu passe au vert, le corps de l'animal avait presque disparu. À l'exception de l'extrémité de sa queue.

Je repensai à l'homme qui, à Athènes, avait vendu les chevaux dansants à la femme qui me ressemblait beaucoup. Sa façon d'expliquer que, pour que le jouet se mette à danser, elle devait soulever la queue, et l'abaisser si elle voulait l'arrêter.

Mais l'adolescente était en train de manger la queue.

12

J'avais une heure devant moi avant de monter dans l'Eurostar pour Paris. Les briques brutes et la grande verrière du terminal international de la gare St Pancras sur Euston Road étaient gracieuses et apaisantes. L'installation de Tracey Emin *I Want My Time With You* ressortait en lettres de néon roses sur les briques, et non loin de là s'élevait une statue grandeur nature d'un couple enlacé. Les gens voyageaient de nouveau. J'observai les passagers se déplacer dans le centre commercial de la gare, la plupart d'entre eux traînant des valisettes. D'autres portaient un sac à dos et d'aucuns poussaient de lourdes valises bombées. Ces derniers avaient l'air plus malheureux et abattus que les propriétaires de bagages plus légers. De ce que je comprenais, nous étions des voyageurs, des clients, des touristes. La clé de mon appartement londonien était en sécurité dans la poche latérale de mon sac. Je savais où étaient rangés le beurre et les ampoules électriques, le bain moussant, le couteau à pain et le petit caillou troué. J'avais pourtant l'impression qu'à tout moment, cette réalité pouvait basculer. Les inondations, les sécheresses et les guerres pourraient nous jeter dans la gare avec notre matelas et nos couvertures, avec un petit objet porte-bonheur, peut-être. En cas de fin du monde, ma mère biologique voudrait-elle me retrouver ? Je contemplai la statue en bronze pour tenter de deviner si cette embrassade figurait des retrouvailles ou un au revoir.

Je finis par m'installer sur le tabouret d'un des pianos qui avaient été offerts à la gare, un Yamaha désaccordé, éraflé et en piteux état. Mes doigts se posèrent naturellement sur les touches et je jouai les sections pour piano du *Concerto pour piano et orchestre n° 2* de Rachmaninov. Sur ce Yamaha, je n'avais aucun mal à faire honneur au ton très contrôlé de Rach, à son jeu tonifiant ou à son recours fastidieux aux pédales. J'éprouvais la puissance tonitruante de sa main gauche dans ma propre main gauche. Les passagers qui en avaient le temps se rassemblèrent autour du piano tandis que je laissais Rach se confier à nouveau à moi.

Des gens me filmèrent sur leur téléphone. Un homme affublé d'un nœud papillon jaune s'assit par terre près du piano et enfila les chaussettes qu'il venait d'acheter.

Je jouai environ seize minutes avant de refermer d'un coup le couvercle du piano mal en point et d'adresser une révérence à la foule qui applaudissait. Il était l'heure de franchir les contrôles de sécurité.

Alors que je prenais mon passeport dans mon sac, une femme de plus ou moins cinquante ans s'approcha et m'offrit un bouquet de tournesols. À l'emballage, je vis qu'elle l'avait acheté chez le fleuriste haut de gamme du centre commercial. Elle me raconta qu'elle effectuait le trajet Margate-Londres tous les jeudis et vendredis pour aller travailler dans un supermarché. Elle attendait le train de retour.

Le Rachmaninov l'avait bouleversée, dit-elle. Il lui avait fait oublier qu'elle était en vie.

Le piano était situé juste en face d'un café Le Pain Quotidien. Je la remerciai pour les fleurs qui, je le savais, lui avaient coûté plus que son salaire horaire au supermarché. Quand l'écran des départs afficha que les trains pour Bruxelles, Douvres Priory, Paris Gare du Nord et Margate étaient à l'heure, elle fouilla dans son sac à la recherche d'un masque. Je lui en donnai deux. Quelque chose comme une idée de l'amour flottait entre nous. Ce genre d'amour, tel que je le comprenais, englobait tacitement son désir, le mien et celui de Rachmaninov de transcender la douleur du quotidien. Avant de nous séparer, elle me dit qu'elle s'appelait Ann, sans *e*.

Et moi Elsa.

Je sais bien, vous êtes Elsa M. Anderson. Elle éclata de rire. Je n'en reviens pas de vous parler. Elle fit défiler les images sur son téléphone pour me montrer les photos du “concert” que je venais de donner.

Je ne pouvais pas me confier à Ann, comme j'avais laissé Rachmaninov se confier à moi un instant plus tôt. Pourquoi lui dirais-je que j'avais été Ann sans *e* avant qu'Arthur ne change mon nom ? J'en avais envie. J'avais envie de lui dire qu'Ann avait disparu avant de revenir sur Terre en tant qu'Elsa.

Ben, évidemment que je sais qui vous êtes ! répéta Ann.

Je me frottai les doigts pour en retirer la poussière du clavier. Ann était convaincue de savoir qui j'étais alors que je l'ignorais moi-même.

Pour ça, il me faudrait lire les papiers. Et même dans ce cas, je ne serais pas aussi sûre que cette femme semblait l'être. Je craquais de partout. Ann attendait un train à St Pancras, mais la Ann que j'étais à cinq ans attendait aussi quelque chose. Quelque chose qu'elle désirait très fort. Ou disons plutôt qu'elle se languissait de quelque chose dont l'absence laisserait à jamais un vide en elle. Qu'attendait-elle ?

Un piano, sans doute.

Comme si je ne savais pas qui vous êtes, riait Ann, alors que ma cousine a tous vos albums.

Qu'attendait-elle, Ann du Suffolk ?

Elle attendait que le tracteur au bout du pré arrive jusqu'à la maison de son enfance. Il tirait une remorque sur laquelle se trouvait le piano, le petit Bösendorfer de concert qui remplacerait le piano disparu. Il était recouvert d'un tissu, mais je voyais clairement sa forme. Le moteur du tracteur était défectueux. Il n'arrêtait pas de caler, démarrait et s'arrêtait. Peut-être qu'il était en rade et que le piano n'arriverait jamais ? Je sentais sa panique me gagner une fois de plus, sous la verrière de la gare St Pancras.

Au revoir, Elsa. Ann me serra dans ses bras.

On me confisqua les tournesols. L'agente de sécurité me soutint que je ne pouvais pas faire entrer de végétaux à planter en France. Sauf que je n'allais pas les planter, expliquai-je, puisqu'ils sont faits pour être mis dans un vase. Non, il existait des lois contre l'importation de parasites. Je lui demandai de garder les fleurs mais elle les jeta à la poubelle. Une fois assise à ma place dans le train, je repensai à Ann. À côté du pré qui s'étirait à l'arrière de ma maison d'enfance dans le Suffolk se trouvait un autre pré où flamboyaient des tournesols.

13

PARIS, NOVEMBRE

L'appartement du boulevard Saint-Germain donnait sur la place Maubert, où se tenait un marché tous les jeudis. J'entrais le code de la porte quand mon téléphone sonna. Les mots *Appel porte* clignotèrent sur l'écran. C'était le nouvel interphone de mon appartement londonien. Quelqu'un voulait entrer dans l'immeuble, peut-être un livreur. J'appuyai sur la touche dièse, qui ouvrait la porte là-bas. Exactement au même moment, j'ouvris la porte de mon immeuble parisien. J'entendis la voix de robot à Londres dire “Ouvrir porte” et le déclic de la porte qui s'ouvrait à Paris. Ce fut un étrange premier doublon.

Le petit ascenseur qui montait au cinquième sentait l'urine. Peut-être y avait-il dans cet immeuble chic et bourgeois des résidents qui aimaient y faire pipi. Je mis un moment à comprendre comment déverrouiller la porte avec la clé, qui ressemblait à un tournevis. Je devais l'enfoncer dans la serrure et pousser encore, pas une, mais deux fois, et insister encore comme si cette porte possédait des profondeurs insondables et que la clé couchait avec. À un moment, la clé tomba par terre après avoir été éjectée et je dus tout recommencer.

L'appartement était grand et lumineux. Les murs étaient blancs, il y avait du parquet, une table avec six chaises, une cheminée dont le manteau était en marbre gris veiné. Pas de piano. Depuis quelques mois et pour la première fois de ma vie d'adulte, je vivais sans piano, mais bizarrement, la partition de la *Pathétique* de Beethoven tapissait les murs de la salle de bains. La voir me réconforta. Beethoven avait écrit cette symphonie à vingt-sept ans. L'année où il comprit qu'il devenait sourd.

Le second doublon se produisit quand je vis les fourmis courir sur le bord de la baignoire alors que je prenais un bain. Elles étaient joyeuses, rapides, elles étaient aussi motivées que déterminées. Des fourmis couraient sur le bord de ma baignoire à Paris et à Londres. Elles avaient trouvé le portail conduisant à tous mes mondes.

Les accords glorieux et le premier mouvement désespéré de Beethoven aussi.

Mon amie Marie passa me voir une heure plus tard. Prof de maths et de musique à la retraite, elle s'était installée à Paris trois ans plus tôt. Nous nous étions rencontrées à une fête donnée après un concert au Kennedy Center de New York alors que j'avais vingt-sept ans, l'âge auquel Beethoven publia sa *Sonate n° 8*. Les cheveux de Marie étaient désormais blancs et coupés courts. Elle était mince, petite et intelligente. La dernière fois que je l'avais vue à New York, ses cheveux étaient noirs et bouclés. Elle me raconta qu'elle avait passé les pires mois de la pandémie rue Saint-André-des-Arts. Elle était sortie tous les jours acheter du pain libanais chez le restaurateur en face de chez elle. Le vendredi, elle préparait du poisson aux baies roses. Cela faisait partie de ses rituels durant le confinement, de même que l'heure d'exercice quotidien en plein air que le gouvernement français autorisait.

Nous étions assises sur le minuscule balcon donnant sur le marché de la place Maubert et mangions les croissants qu'elle avait achetés à sa boulangerie préférée, La Maison d'Isabelle.

C'est juste là, dit-elle en montrant la place du doigt.

Tu as choisi de ne pas te teindre les cheveux, dis-je.

Elle m'expliqua que le blanc représentait celle qu'elle était devenue intérieurement avant de se couper les cheveux.

C'est ma vérité, continua-t-elle. Est-ce qu'on devient quelqu'un et qu'ensuite on accorde son apparence ? J'ai accepté le tour que prenait ma vie sur Terre. J'ai soixante-dix ans.

C'est vrai.

Marie me dit ce qu'elle pensait de mes cheveux bleus.

Il a fallu que tu t'inventes, dit-elle.

On fait tous ça, répondis-je.

À cet instant, mes mots étaient plus petits que mes sentiments. J'avais passé ma vie à employer des mots diplomatiques. Cela signifiait-il que j'étais diplomate ? Comme s'il n'était déjà pas assez difficile de jouer du Beethoven.

En fait, reprit Marie, tu m'as l'air maigre et pâle.

Je lui parlai du public qui avait demandé à être remboursé après mon fiasco viennois.

Tu as surtout été l'otage d'Arthur, déclara-t-elle.

Comme tout le monde, elle voulait savoir pourquoi je n'enseignais pas au moins dans un conservatoire où les élèves étaient de vrais musiciens.

Elsa, tous les conservatoires du monde seraient heureux de t'avoir. Tu serais payée correctement. Personne ne comprend. Tu es une personnalité, une célébrité.

Peut-être que je le suis.

Les maraîchers du jeudi remballaient. Une équipe d'hommes en gilet orange nettoyait la place à l'aide de jets d'eau puissants. Le SDF qui mendiait assis devant la boulangerie traversa la rue avec ses sacs et ses couvertures. En le regardant ramasser ses affaires, je ne me sentis pas déconnectée de lui, au contraire. Parfois je me demandais si ces personnes vivant à la dure ne m'étaient pas apparentées. Je ne voulais pas avoir de lien avec cet homme, mais c'était une possibilité. Je n'arrivais pas à l'ignorer comme le faisaient la plupart de mes connaissances avec les sans-abri.

Marie mentionna une piscine plus proche de l'appartement que Joséphine-Baker.

La piscine Pontoise.

Je notai l'adresse pendant qu'elle listait toutes les femmes célèbres qui s'étaient suicidées par noyade. Il y a les nageuses verticales et les nageuses horizontales, dit-elle. Il m'est arrivé de croire que je deviendrais une nageuse verticale. Personne ne dit que je suis obligée de le jouer, ce troisième acte. C'est toujours moche. Si je tombe malade sur mes vieux jours, je ne l'exclus pas.

Vraiment ?

Bien sûr. Personne ne l'exclut. Interroge n'importe qui sur ce boulevard, ils y ont tous pensé. Cachets. Corde. Revolver. Désherbant. Noyade. Défenestration.

La conversation avait pris un tour étrange. Je me demandai si Marie n'avait pas passé trop de temps seule durant la pandémie.

Écoute, dit-elle, le sujet est tabou parce que c'est vrai. On réfléchit tous aux façons de mettre fin à notre vie. C'est une expérience de pensée, quel mal à ça ?

Ça quoi ?

L'expérience de pensée. C'est ce que font les pensées. Elles ne rédigent pas de manifestes que tu n'auras plus qu'à signer et elles ne caressent pas non plus des chiots tout en croquant des M&M's avec une amie qui t'aime inconditionnellement. À moins que la penseuse soit à ce point fragile qu'elle veuille les enfermer dans une écurie et cloue la photo d'un gâteau d'anniversaire sur la porte.

Pendant que Marie parlait, je jouais la *Pathétique, sonate n° 8* de Beethoven dans ma tête.

Puis mon amie fit des gestes bizarres, feignant de se trancher la gorge avec la main.

Tu admettras, Elsa, que la plupart d'entre nous ne passent pas à l'acte, mais que nous avons au moins emmené nos esprits brouter sur ces pâturages interdits ?

*

Peut-être que j'y suis.
Peut-être que tu es où ?
Dans ces pâturages interdits.

Au fait, dit Marie, à force de porter ce chapeau, tes cheveux sont plats et emmêlés. Tu devrais les peigner. Elle avait un peigne dans son sac. Des cheveux blancs étaient pris dedans. Intérieurement, je n'avais pas encore de cheveux blancs.

Une flotte de sept ambulances aux sirènes hurlantes fonça sur le boulevard Saint-Germain. Depuis le balcon, nous avons contemplé la file de gens venus acheter des gâteaux à La Maison d'Isabelle. En partant, Marie me souhaita bonne chance pour la suite.

J'ignorais totalement à quoi ressemblerait la suite. Tout ce que je savais, c'était que je reverrais la femme qui avait acheté les chevaux, ici, à Paris. Ce soir-là, je me promenai seule sur les berges de Seine. La lune et les étoiles brillaient. Je laissai les étoiles pénétrer mon corps et m'aperçus que j'étais devenue poreuse. Tout ce qui me composait était en train de partir à vau-l'eau. Je vivais dans mon corps au jour le jour ; j'entends par là que celle que j'étais ou que je devenais n'était toujours pas apparue clairement. J'avais envie d'une nouvelle partition. J'avais aussi laissé la femme qui avait acheté les chevaux entrer en moi.

Sur le chemin du retour, je m'arrêtai dans un rade appelé Onze. Il ne comprenait qu'une salle obscure où j'étais la seule cliente. Je me hissai sur un tabouret au comptoir pendant que le gentil monsieur derrière le bar – originaire d'Algérie, me dit-il – me versait un verre d'eau de vie. À base de poire. En général, ça se boit en fin de repas, expliqua-t-il.

Je n'avais rien mangé de toute la journée en dehors du croissant que Marie avait apporté. Enfin, ce n'était pas tout à fait exact. J'avais ingurgité les étoiles et la Seine. Je menais une existence très étrange, mais je savais que d'autres personnes à travers le monde connaissaient le même sort. À cet instant à Tokyo, en Érythrée, à New York ou au Danemark, quelqu'un vivait au jour le jour. Cette humeur, accompagnée de panique à bas bruit et de connexions hyper-vigilantes à tout, avait forcément son double et son écho. J'entendais sa musique dans ma tête sous mon chapeau. Son chapeau. J'avais du mal à l'écouter, mais elle était là, pareille à un avenir opaque, un avenir infecté par la gouvernance du monde, les tyrans anciens et nouveaux ainsi que leurs compagnes et leurs soutiens. Je ne voulais plus penser à eux parce qu'on leur accordait déjà trop d'attention. Je pensais quand même tout le temps à eux.

Qu'en était-il de mon double, qui n'était peut-être pas identique physiquement ? Penser à elle revenait à parler à une personne que je connaissais, à l'intérieur de moi, une personne qui me paraissait un peu mystérieuse, une personne qui écoutait très attentivement.

Le barman remplit mon verre.

Il n'y avait toujours personne dans le bar à part lui.

Et elle.

C'était une soirée froide. L'hiver arrivait. Il me fallut chercher des couvertures supplémentaires, que je trouvai pliées dans un placard. Elles sentaient la naphtaline et la lavande morte. Je branchai le radiateur soufflant que Rajesh m'avait offert à Green Lanes. Ce petit appareil était l'avenir, avait-il insisté. Il pouvait chauffer une pièce entière pour des clopinettes. Rajesh en avait acheté sept à un prix défiant toute concurrence. L'appareil était branché mais il ne se passait rien. Je finis par sentir un peu de chaleur sur le pied gauche. Peut-être même pas sur tout le pied, juste les orteils. Le chant d'oiseau envahit la chambre. J'attrapai mon téléphone. C'était Tomas qui appelait pour dire qu'il fallait profiter d'être tous les deux à Paris pour se voir.

14

Mon élève vivait rue des Écoles dans le 5e arrondissement. Elle s'appelait Aimée et avait seize ans. Je pris l'ascenseur jusqu'au troisième et je l'entendis jouer avant de la voir. Elle peinait sur le premier mouvement de la *Pathétique*. Peut-être sa famille était-elle obsédée par ce morceau ? Je tendais l'oreille tout en cherchant mon masque. Son jeu était fermé, tendu, trop rapide.

Sa mère m'ouvrit.

Ma fille vous attend, furent ses seuls mots.

Aimée avait les cheveux courts et raides. Elle portait un jean moulant, un t-shirt blanc, des baskets en toile sans lacets et un masque chirurgical comme le mien. Elle me dit qu'elle voulait consacrer nos cours à travailler *Trois Gymnopédies* d'Erik Satie. C'était pour un concert dans son lycée. Elle ne jouait la *Pathétique* que pour ne plus avoir sa mère sur le dos. Désolée, dit-elle, elle avait l'encéphalogramme plat, aujourd'hui. Elle avait fumé de l'herbe avec un ami la nuit précédente et ils avaient mangé des sushis après. Ces derniers ne devaient pas être très frais parce que là, elle avait une essoreuse à la place de l'estomac. Pour être honnête, elle était dans le même état d'esprit qu'une personne attendant le bus un dimanche soir dans une rue déserte.

Aucun problème, répondis-je. Je n'ai proposé que deux cours alors allons-y.

Aimée voulut me montrer tout ce qu'elle savait jouer. Elle avait un esprit musical aiguisé. Peut-être se fatiguait-elle trop facilement.

On va commencer par Chopin plutôt que Satie, dis-je.

Nous prendrions tout notre temps. Je croyais à la lenteur qui permettait de réfléchir. On travaillerait l'*Étude en sol dièse mineur, Op. 25 n° 6*, à un rythme d'escargot. Normalement, le morceau dure deux minutes, mais nous l'étirerions au point de le rendre quasi méconnaissable.

Il me provoque toujours des crampes à la main gauche, se plaignit-elle.

C'est vrai, Chopin faisait jouer les notes les plus intéressantes à la main gauche.

En pénétrant sa composition, nous prêterions attention aux doigts intrépides de Chopin.

Je portais un pantalon noir et un polo blanc. Il m'arrivait de m'exprimer comme Arthur. Aimée était-elle mélancolique et posée ? Non, ça c'était Marcus. Aimée était à cran et furieuse.

Au bout d'une heure, sa mère fit apporter dans la salle de musique un plateau chargé de pâtisseries à la pâte feuilletée fourrée de crème et deux Nespresso. Lors de nos conversations téléphoniques, elle avait insinué que sa fille était psychologiquement fragile, une grande rêveuse. Elle m'avait demandé de rester discrète à ce sujet.

Aimée désigna le plateau. Ces gâteaux s'appellent des mille-feuilles. Ce qui veut dire que le pâtissier a couché avec quelqu'un sur mille feuilles dans la forêt obscure de Fontainebleau.

Je me régalai du mien. Gagnée par une avidité nouvelle pour toutes les pâtisseries de France. Aimée souleva le sien et le soupesa. Ah, dit-elle, si léger, si fou, presque inexistant. Elle le reposa sur l'assiette. Je vais souvent marcher dans cette forêt. Si vous voulez sortir de Paris, Fontainebleau n'est pas très loin.

Elle me montra le tatouage sur son bras. Un cœur traversé de flammes, avec un œil en son centre.

Pendant le cours, mon maillot de bain tomba de mon sac et elle me raconta qu'elle avait appris à nager dans une rivière à la campagne quand elle avait quatre ans. Au milieu des poissons et des plantes aquatiques. Elle était nerveuse parce qu'elle ne voyait pas le fond et à cause du courant. Elle avait descendu l'échelle et oui, oui, oui, elle était dans l'eau et la rivière était froide et déchaînée. Un moment mémorable, dit-elle. Cela correspondait à Aimée, froide et déchaînée. C'était étrange d'enseigner à une élève attirée par la mélancolie de Satie, une mélancolie si trompeuse dans sa légèreté qu'elle en avait presque des accents suicidaires, et pour autant, l'adolescente n'entretenait aucune conversation intérieure avec le compositeur qu'elle aimait. Je l'admirais parce qu'à ses yeux, la note imprimée n'était pas sacrée. Elle vida son café et jeta la tasse par terre. Elle fanfaronnait, mais la musique ne l'intéressait pas tant que ça. Au même âge, je ne vivais que pour mon instrument ; rien ne m'intéressait davantage. Tous les jours j'accomplissais quelque chose de presque impossible au piano. Il me fallait accepter qu'il existe différentes raisons d'apprendre à jouer d'un instrument. Je l'écoutai et songeai que, comme Marcus, elle jouait pour échapper à ses parents. Peut-être qu'à son âge, je jouais pour me rapprocher des parents que je n'avais jamais connus.

Nous continuâmes de travailler l'étude de Chopin. Au bout de douze minutes, elle arracha son masque.

Je déteste ce putain de truc, dit-elle. Ça fout ma vie en l'air. Satie n'aurait jamais écrit une étude ou une sonate, il a inventé un nouveau genre, lui. C'est de la merde, j'arrête.

La voix était dure mais les lèvres douces. Elle avait une petite bouteille d'eau à côté du piano et une autre d'un parfum qui sentait la figue.

Ce qui est sûr, me dit-elle en français, c'est que jamais je ne composerai de symphonie pour remercier ma famille de tout le bonheur qu'elle m'a donné.

Ça ne m'étonnait pas qu'elle ait choisi les *Gymnopédies* de Satie pour le concert du lycée. Satie travaillait en opposition aux harmonies et aux structures classiques, et Aimée s'opposait à tout. Elle me dit que le jour du concert, elle mettrait un pantalon de costume en velours. Satie possédait sept costumes en velours qu'il avait portés toute sa vie en alternance. D'après elle, mes robes de concert – elle les avait examinées sur YouTube – étaient tellement démodées qu'elle se demandait à qui j'essayais de plaire. En fait, dit-elle, la seule chose qui les rendrait moins pathétiques serait d'avoir un petit marteau caché dans la doublure de la plus moche. Après tout, Satie avait toujours un marteau sur lui pour se protéger.

Bon, dis-je, quand tu reprendras les *Gymnopédies*, découpe-les en séquences comme avec le Chopin et mets-y ton propre phrasé. Elles sont faciles à jouer, alors pourquoi tu as besoin de moi ?

Vous êtes mon marteau.

De quoi as-tu besoin de te protéger ?

De tout le monde.

Elle ferma brutalement le couvercle du clavier et m'annonça que je pouvais partir.

Que vas-tu faire quand je ne serai plus là ?

Je ferai l'amour à George Sand pour me rapprocher de Chopin, dit-elle en mordant dans le mille-feuilles.

Alors que je m'en allais, sa mère voulut savoir si j'étais heureuse des progrès de sa fille.

Oui, répondis-je, elle est très sensible et travaille dur.

15

Je revis la femme qui avait acheté les chevaux au Café de Flore. Cette fois, c'était elle, ça ne faisait aucun doute. Arthur avait insisté pour que j'aille au Flore avant de me faire vacciner à la pharmacie. Il y fera plus chaud que dans ta chambre, avait-il dit. Ils ont un gros poêle et tu peux y rester toute la journée juste avec un café. Il parlait désormais d'une voix faible et chevrotante. Il faut que tu saches, murmura-t-il, que le philosophe y sera en train de travailler. Il a installé son bureau au premier étage. Apparemment, la direction lui a ouvert une ligne téléphonique pour qu'il puisse prendre des appels.

Je finis par comprendre qu'il était sérieux. Pour la première fois, je songeai qu'Arthur souffrait peut-être de démence sénile. Il parlait de Jean-Paul Sartre, dont j'étais allée voir la tombe peu de temps auparavant à Montparnasse. L'esprit d'Arthur s'était beaucoup éparpillé durant ce coup de fil. Il m'avait même appelée Ann au lieu d'Elsa. Il ne s'était encore jamais trompé. Son voisin, Andrew, qui semblait passer toutes ses journées avec lui, avait été jusqu'à lui reprendre le téléphone. Andrew parlait anglais avec un accent du Nord. Il me dit qu'Arthur était fatigué et avait besoin de repos. Il s'exprimait sur un ton nerveux, voire hostile. J'entendais Arthur exiger qu'on lui rende le téléphone. Puis il cria : Qui est-ce ? Je n'arrivais pas à savoir s'il s'adressait à moi ou à son voisin.

Je parvins à avoir une table en terrasse au Café de Flore, en face de la brasserie Lipp, et je commandai un Perrier mélangé à du sirop de menthe. Je voulais goûter ce breuvage vert couleur fée depuis que je l'avais vu dans le sud de la France. Un vieux monsieur à la table d'à côté trancha sa pomme de terre à l'aide d'un couteau et en leva un morceau au niveau de ses yeux. Son dentier du bas lui sortait de la bouche. Il était un peu essoufflé.

J'imagine qu'il me rappelait Arthur. Je ne savais pas trop à quel point je devais m'impliquer dans son bien-être. Il m'avait adoptée pour pouvoir m'enseigner le piano. Notre relation était purement professionnelle. Mais j'avais six ans à l'époque. Au fil du temps, il avait employé une ribambelle de jeunes filles au pair et de cuisinières, si bien que je n'avais jamais trop compris s'il était mon père, mon professeur ou les deux. Je n'avais jamais partagé mes pensées secrètes ou mes angoisses avec lui.

Deux hommes assis derrière moi me demandèrent si je pouvais les prendre en photo. Ils avaient une vingtaine d'années et mangeaient des croque-monsieur. Ils étaient tous les deux en t-shirt et avaient la même veste en cuir noir. L'homme de droite, aux pommettes saillantes, me tendit son téléphone. Je lui demandai d'où il venait.

Dresde, dit-il.

Rachmaninov avait composé son *Concerto pour piano n° 2* à Dresde. Il s'y était installé en 1906 et y avait vécu quatre ans avec sa famille. Il était déprimé, dévasté, d'abord incapable d'écrire quoi que ce soit. Quand enfin il le termina, sa tristesse s'était dissipée. Il dédia cette œuvre immense à son médecin.

Vous connaissez Dresde ? demanda-t-il.

Peut-être bien.

Je leur dis de se rapprocher pour la photo. Cela semblait impossible pour l'homme de Dresde, mais par pour son ami, qui lui passa un bras autour des épaules.

Je pris trois photos et leur rendis le téléphone. Le Perrier-menthe arriva. Cette boisson avait un goût étrange. On aurait cru une sorte de dentifrice liquide. Alors que je consultais mes e-mails sur mon portable, l'homme de Dresde me tapota l'épaule. Je me retournai. Il pencha son visage vers moi et murmura en anglais, J'ai envie de te lécher.

C'est à cet instant que je la vis sur le boulevard Saint-Germain, qui se dirigeait vers le Café de Flore.

Elle portait les mêmes chaussures marron qu'à Athènes, avec leurs talons courbes en peau de serpent. Ma première pensée fut que j'avais son chapeau mou sur la tête. Cette fois, elle ne portait pas de masque. Mais mon attention se concentra surtout sur sa bouche. Coincé entre ses lèvres, un épais cigare. Dont le bout rougeoyait. C'était un coup du sort. Une provocation. Elle paraissait enveloppée dans un nuage transparent. Elle affichait une belle allure et de la confiance. Elle avait les cheveux très bruns, relevés en un chignon flou sur le haut du crâne.

Voluptueuse.
Courbes.
Hanches. Ventre.
Une robe plissée en soie blanche. Une grosse ceinture blanche.

Elle avait les mains libres, pas de sac, son corps sans entraves se déplaçant sur le boulevard Saint-Germain. Comme les fourmis de Paris et de Londres, elle marchait vite et avec détermination. Elle était calme. Peut-être même posée. Elle me vit. Nos regards se croisèrent. Je m'aperçus que j'étais terrifiée. Le temps d'un instant, elle aussi parut très choquée. Nous avions la même peur l'une de l'autre. Nous avions la même expression dans le regard. Puis elle ralentit en passant devant moi. À l'odeur du cigare se mêlait un parfum de géranium. Ses yeux marron encore rivés sur mes yeux verts, elle retira vivement le cigare de ses lèvres et le jeta dans mon Perrier-menthe. Elle m'envoyait un message. Te voilà, toi qui as mon chapeau. Puis elle partit en courant. Vite. Dans ses chaussures en peau de serpent, elle faisait fuir les pigeons sur le trottoir. Le vent soufflait ce jour-là et les plis de sa robe en soie blanche gonflaient autour d'elle, si bien que je crus qu'elle s'envolerait, telle une montgolfière. Mais ce n'était ni un ange ni un fantôme, elle était bien vivante et très animée. Je lui courus après alors qu'elle tournait dans la rue Saint-Benoît. Elle avait pris mes chevaux, après tout. Mais elle était trop rapide pour moi, même avec ses talons en peau de serpent. Je ne la vis nulle part. Je repris mon souffle devant un club de jazz. Un bref instant, je crus l'apercevoir appuyée contre une voiture en train de lire. Ce n'était pas elle. J'étais hors d'haleine, pantelante, agrippais son chapeau sur ma tête.

Revenue à ma table du Flore, je me sentis bizarrement exaltée. Son cigare fumait toujours dans mon Perrier-menthe. Pour prouver qu'elle n'était pas une apparition, peut-être, qu'elle vivait dans cette ville et savait désormais que moi aussi. Les deux hommes à vestes en cuir identiques buvaient de grands verres de bière. C'était étrange parce qu'ils évitaient mon regard, mais l'homme de Dresde qui avait dit "J'ai envie de te lécher" avait l'air à la fois sournois et penaud. Comme s'il voulait me faire peur, ou m'exciter, ou me montrer qu'il était attiré par les femmes plus que par les hommes après que son ami lui avait passé le bras autour des épaules. Je pense qu'il s'attendait à ce que je réagisse, lui réponde d'une façon ou d'une autre, mais je n'avais rien à faire de lui ou de ses problèmes. C'était elle qui occupait mes pensées. Il n'était pas le centre de mon monde. Il représentait ce vieux monde auquel j'avais tourné le dos.

La preuve, j'étais littéralement sortie de scène.

16

En route pour la pharmacie du boulevard Saint-Michel, je remarquai que j'avais la même démarche qu'elle. Calme et déterminée. Posée, même, mais je n'irais pas jusque-là. Ça n'était qu'une imitation. La pharmacienne, une jeune femme prénommée Alice, m'attendait. Elle portait une blouse blanche. Une fois les questions administratives réglées, elle se dirigea vers un petit frigo où était entreposé le vaccin.

On va écrire *un petit morceau d'histoire*[01], dit-elle.

Comme j'étais pianiste, elle voulait savoir dans quel bras je préférais être piquée, le gauche ou le droit ? Je choisis le gauche. Après tout, c'était avec le droit que je levais mon verre d'eau de vie au Onze.

Je remontai ma manche et elle me tamponna la peau avec un coton.

Un, deux, trois, on y va, dit-elle.

L'aiguille était dans mon bras. Le vaccin était dans mon corps, de même que mon numéro de passeport était dans son ordinateur. Alice mit un petit pansement rond sur la goutte de sang. Merci, Alice, dis-je, vous avez écrit un morceau d'histoire. Je gardai le reçu, le numéro de lot et le nom du

01 — En français dans le texte.

vaccin. J'achetai également un tube de crème pour les mains à la fleur d'oranger.

Arrivée à mon immeuble du boulevard Saint-Germain, je découvris un petit mot collé sur la porte. Il ne m'était pas adressé, mais il était pour moi. Apparemment, j'avais oublié mon téléphone au Café de Flore. Dans une écriture penchée, la personne qui l'avait trouvé donnait une adresse sur le boulevard Saint-Michel, d'où je venais tout juste. Pas du côté de la pharmacie, mais plus près du Luxembourg. Je regardai dans mon sac. De fait, mon téléphone n'y était pas.

Le mot venait-il de la femme aux chevaux ou de l'homme qui avait envie de me lécher ?

Je demandai à la concierge si je pouvais lui emprunter son téléphone et appelai Marie. Elle me rejoignit et nous décidâmes de nous présenter ensemble à l'adresse indiquée.

C'est vrai que tu as laissé ton téléphone sur ta table du Flore ? Elle avait de grosses bottes noires aux pieds parce qu'elle avait balayé du verre brisé devant la porte de son appartement.

Ça n'est pas impossible.

Mais comment cette personne sait-elle où tu vis ?

Dans l'Eurostar, j'avais scotché mon adresse au dos du portable.

Tu dois faire attention Elsa. Tu es célèbre. Tout le monde veut un morceau de toi.

Je ne lui avais pas parlé de la femme qui avait acheté les chevaux. Peut-être ouvrirait-elle la porte. Que se passerait-il alors ? Et si elle marchandait ? Ton téléphone contre mon chapeau. Alors elle garderait les chevaux.

C'était un vieil immeuble bourgeois en face d'une grande librairie. Je composai le code inscrit sur le mot et nous attendîmes. Finalement, la porte s'ouvrit dans un déclic.

Non, dit Marie, c'est à cette personne de descendre.

Je composai le code une fois de plus. La porte s'ouvrit.

Est-ce que ton téléphone contient des choses qui te sont indispensables ?

Mes applications bancaires, dis-je. Je faillis dire, *Arthur, Arthur est indispensable à ma vie*, mais je me ravisai au cas où Marie se lancerait dans une diatribe.

On entendit quelqu'un descendre. Doucement. Lentement. Doucement. Plus vite.

Puis un bruit sourd. Comme si la personne avait sauté du haut des quatre dernières marches.

C'était forcément elle.

Mon bras gauche me faisait mal après la piqûre. Il était lourd et douloureux.

Lui remettrais-je son chapeau contre mon téléphone ? Non. Je voulais les chevaux plus que le téléphone. La queue avait été soulevée. La danse avait commencé.

Le froid arrive, dit Marie. À Paris, le mois de novembre peut-être très rude.

Nous avons entendu un déclic et la porte s'ouvrit.

C'était l'homme qui avait envie de me lécher.

Il ne remarqua pas Marie tout de suite, petite, cheveux blancs, soixante-dix ans. Il avait mon téléphone à la main. Je le remerciai et il se mit à l'agiter comme s'il dirigeait un orchestre imaginaire. Il était pieds nus, avait l'air à moitié endormi, un sourire satisfait sur les lèvres. Chaque fois que je tendais la main, il faisait semblant de me le rendre et touchait ma paume avec avant de l'éloigner. Il finit par le tenir au-dessus de sa tête et demanda deux cents euros. Marie s'avança et l'homme cligna des yeux dans sa direction pour la première fois. Trop tard. Elle écrasa sa grosse botte sur son pied nu avec une telle force qu'il fit un bond et se mit à hurler de douleur. Le téléphone lui échappa et je m'en saisis.

Allez vous faire foutre, sales putes, hurla-t-il avant d'enchaîner avec le chapelet d'insultes habituelles. Nous étions des gouines, des dégénérées, des Juives, des vieilles peaux, nous étions moches, nous étions folles. La même vieille rengaine. Tout rouge, il finit par claquer la porte.

Il est de Dresde, dis-je à Marie, la ville où Rachmaninov a écrit le *Concerto pour piano n° 2*.

Peut-être que *c'est* Rachmaninov, dit-elle.

On alla fêter ça au restaurant vietnamien près de la place Maubert, installées à une table sur le trottoir inégal. Marie me montra les bagues en argent qu'elle avait achetées au Maroc. Des mots étaient gravés dessus, dont Marie ignorait la signification. Elle annonça qu'elle rentrerait tout de suite après dîner parce que sa compagne arrivait de Nice. On mangea du tofu et du riz gluant, une soupe de raviolis à la crevette, le tout accompagné d'une carafe d'eau. Puis j'aperçus l'ombre de la femme projetée sur le trottoir inégal et sentis une odeur de cigare. Je ne me retournai pas, mais savais que c'était elle. Elle était avec un homme plus âgé, le même qu'à Athènes. Voûté, silencieux, maussade.

Je voyais son ombre à lui aussi. Cette fois, je ne lui courus pas après parce que je savais que l'homme avec elle était trop âgé pour suivre.

À croire qu'il lui servait de bouclier.

Je la laissai tranquille et elle me laissa tranquille. Nous avions plus ou moins fait la paix. Il flottait une espèce d'entente entre nous, mais j'ignorai sur quoi nous avions décidé de nous entendre.

Au bout d'un moment, j'avouai à Marie que j'avais un double qui me suivait aux quatre coins du monde.

Il se peut que je l'aie vue à Londres, je l'ai sans aucun doute vue à Athènes et ici, à Paris.

Où est-elle maintenant ?

Je ne sais jamais où elle est.

Donc elle a disparu ?

Non, elle revient. J'ai vu son ombre pendant qu'on dînait.

Mais est-ce que tu veux la voir ?

Je lui ai volé son chapeau et elle le sait.

Marie me demanda comment je me sentais après le vaccin.

À part mon bras douloureux, je me sentais bien. Marie ne me crut pas et insista pour me ramener chez moi. J'eus beau composer le code, la porte ne s'ouvrait pas, alors je remplaçai le six par un huit.

Donne-moi les chiffres, dit Marie, je suis prof de maths. Je secouai la tête et recommençai. Des cris de joie nous parvinrent soudain du café d'en face. Une foule impressionnante s'était amassée autour d'un écran pour regarder un match de foot.

Quand je dis à Marie qu'elle devrait y aller, je me débrouillerais, elle rétorqua qu'elle n'irait nulle part tant que je ne serais pas à l'abri chez moi.

Nous connaissons si mal notre corps, déclara Marie. Nous comprenons si peu de choses à la scène, à l'économie ou aux motivations qui ont poussé Elsa M. Anderson à arrêter de jouer.

Elle s'écarta de la porte pour me laisser réfléchir au code. Une femme en trottinette électrique roulait à grande vitesse sur le trottoir. Elle avait des AirPods dans les oreilles et faillit renverser Marie. Nom d'une pipe !

Marie était furieuse. Elle retira une de ses lourdes bagues achetées au Maroc et la lança sur la femme en trottinette. C'était bien visé parce que le métal rebondit contre l'arrière de son crâne avant de tomber dans le caniveau.

Tout va bien pour toi, Elsa. Avec ton quasi-mètre quatre-vingts en chaussures plates, personne n'oserait te rouler dessus.

Je me précipitai vers le caniveau et me penchai pour récupérer la bague.

Mon Dieu, Marie, tu as dû la blesser.

Un filet de sang rouge luisait sur le métal. Je ramassai la bague avec un coin de mon gilet et la rendis à Marie. Le bijou ressemblait à une dent arrachée, à vif et sanguinolente.

Marie l'essuya avec un mouchoir.

Dommage que je ne lui aie pas tranché la tête.

Elle n'était pas d'humeur à se faire renverser au sens propre, dit-elle, quand sa compagne la renversait émotionnellement tous les jours. Elle me raconta ce que Julia, qui arrivait ce soir, lui avait communiqué, à savoir que Julia était amoureuse de tout le monde et que tout le monde était amoureux de Julia. Marie avait besoin que sa compagne soit sélective dans ses affections.

Je composais frénétiquement de nouvelles combinaisons de chiffres, dont aucune n'était la bonne. La porte restait verrouillée.

Va retrouver Julia, ça va me revenir.

Je crois qu'il y a un quatre et un six dans ton code, essaye ça.

Elle se remit à papoter pendant que je tentais une énième combinaison.

Le monde s'est réensauvagé durant les différents confinements, déclara Marie, c'est un fait. Un troupeau de girafes a bien dévalé Kilburn, dans le nord-ouest de Londres, non ? Et ces autruches dans Peckham Common ?

Je voulais qu'elle s'en aille pour que je puisse réensauvager ma mémoire. Depuis que je lui avais révélé que j'avais vu mon double à plusieurs reprises, elle avait pris un air protecteur et rusé.

Essaye deux quatre huit six.

Je m'exécutai et la porte s'ouvrit.

Comment tu as deviné ?

Les touches les plus utilisées brillent. Donc elles font forcément partie du code.

Elle me prit dans ses bras et finit par s'en aller, sa bague ensanglantée dans la poche.

Plus tard dans la soirée, alors que je préparais du thé au gingembre, j'eus l'impression qu'il s'échappait trop de gaz du petit brûleur. Comme si j'étais penchée au-dessus d'une grosse flambée.

Je ne comprenais pas. Je baissai la flamme bleue sous la bouilloire et pris conscience que la chaleur venait de moi. J'avais le visage en feu. Quand je me regardai dans la glace, j'avais les joues et la poitrine rouges. J'avais mal à la tête. Mon cœur s'emballait. Je pris deux comprimés de paracétamol et emportai mon thé au lit. Au bout d'un moment, j'ouvris les portes-fenêtres qui donnaient sur le petit balcon en fer forgé. Il était minuit. J'installai mon ordinateur sur la table ronde et m'assis sur la chaise.

La lune m'éclairait. Il faisait frais. J'avais chaud. Mon ordinateur émit un bruit. Marie m'appelait sur Skype. Pourquoi m'appelait-elle sur Skype à minuit ? Je décrochai. Elle portait une robe noire sans manches, et quand elle se tourna pour ramasser quelque chose par terre, je vis que le vêtement n'était pas fermé dans le dos.

Comment te sens-tu, Elsa ?

Je lui dis que je pensais l'avoir attrapé.

Elle m'interrogea sur mes symptômes. J'avais de la fièvre et mal à la tête. Non, affirma-t-elle, ce sont les effets secondaires du vaccin.

C'était étrange qu'elle me contacte à cette heure. Plus étrange encore, elle avait versé de l'huile dans la lampe de l'icône accrochée sur son mur.

Tu es croyante, Marie ?

Pas du tout.

J'avais récemment regardé *La Passion de Jeanne d'Arc* de Carl Theodor Dreyer, film dans lequel un juge demande à Jeanne si Dieu lui a fait des promesses. Je posai la même question à Marie.

Est-ce que Dieu t'a fait des promesses ?

Elle y réfléchit sur mon écran tandis que la lune passait derrière un nuage.

Oui, Dieu m'a fait des promesses.

Tu lui parles, à Dieu ?

Elle avait les joues rouges, je savais qu'elle avait fait l'amour.

Ce qui est sûr, c'est que j'entretiens une conversation avec lui. Comme celle d'un ventriloque, ma voix se divise en deux. Je crois que la principale promesse qu'il m'ait faite est que je ne mourrai pas.

Cela me troubla vu qu'elle avait parlé de mettre fin à ses jours avant de ne plus être en mesure de décider pour elle-même.

Eh bien ce sont deux pensées contradictoires, la possibilité d'en finir un jour et le désir de vivre plus longtemps. Et alors ? Je vais te donner deux autres contradictions : je ne crois pas en Dieu, mais je parle à quelque chose qui ressemble à Dieu. Je demande à cette présence d'avoir des émotions pour moi quand je n'en ai pas.

Je lui racontai qu'Arthur, qui était un athée convaincu, citait régulièrement une lettre de William Blake. Je crois que c'est extrait de ses journaux, mais j'ai un doute.

Cher Père, chère Mère, l'église est froide,
Mais la taverne est bien approvisionnée, agréable et accueillante.

Arthur est un con, répondit Marie.

Il y avait quelqu'un avec elle. J'entendais le bruit d'une radio dans la pièce, un pronostic de course hippique.

Oui, dit Marie, la rumeur court qu'une femme mystérieuse serait dans mon lit et écouterait les courses hippiques.

Quoi, même à minuit ?

Surtout à minuit. Et donc, comment te sens-tu ?

Mal.

Mon curseur flottait sur le bouton Fin d'appel.

Ne raccroche pas. Julia veut te parler. Ne bouge pas, Elsa. Reste où tu es.

Je compris que j'avais joué les bouche-trous le temps que Julia obtienne le résultat des courses.

Une femme se dirigea vers l'écran, une bouteille de vin à la main. Elle avait coiffé ses cheveux blancs en une queue-de-cheval “bulles”. On aurait dit une guirlande de Noël, aux boules lisses et brillantes, qui lui tombaient sur l'épaule gauche.

Hello, lança-t-elle. Marie me dit que tu donnes des cours de piano aux enfants, maintenant ?

Elles avaient manifestement fait l'amour et ne s'étaient habillées que pour passer cet appel. Julia portait un jean taille basse et une ceinture Chanel. Son masque, un FFP2 noir, était accroché à son poignet. Peut-être qu'elle l'avait porté au lit. Marie disparut de l'écran.

Julia m'informa qu'elle arrivait de Nice. Elle avait beaucoup à dire sur le miroitement de la mer, la statue de Garibaldi sur la place près du Café de Turin, la morue, le bling-bling de la Côte d'Azur. Elle avait un petit grain de beauté au-dessus de la lèvre.

Mais Elsa, j'ai autre chose à te dire. J'étais au concert.

Quel concert ?

À Vienne. J'étais venue t'écouter jouer le *Concerto pour piano n° 2* de Rachmaninov dans la Salle dorée. En fait, c'était complet et j'étais parmi les deux cents personnes avec des places debout.

Julia parlait d'une voix douce et grave. Son visage occupait tout l'écran.

C'est vrai que nous avons perdu le deuxième concerto pour piano de Rachmaninov, dit-elle, mais pendant deux minutes et douze secondes, nous avons écouté Elsa M. Anderson jouer quelque chose qui nous a coupé le souffle.

Tandis qu'elle parlait, je regardai les arbres au-dessus de la fontaine en pierre en face de mon appartement. Les racines qui filaient vers l'extérieur, s'étendaient sous le goudron du boulevard Saint-Germain.

Clairement, il se passait quelque chose avec notre virtuose, dit Julia en fronçant les sourcils. L'homme à la baguette a entendu que tu déviais, il aurait pu ralentir l'orchestre, créer le silence. Tu n'es pas une débutante, après tout. On aurait pu assister au premier concerto d'Elsa M. Anderson plutôt qu'au deuxième de Rach.

Les sans-abri avaient fait leur lit près de la fontaine. Partager leur sort avait toujours été ma plus grande crainte.

Nous étions avec toi, continua Julia, mais le type faisait obstacle, lui et son ego, ses grands gestes, il dirigeait avec sa tête, jouait pour le public. Et quand ton piano a pris ses distances d'avec l'orchestre, sa façon de se tourner et de tendre la baguette vers toi – c'était terrible. Terrible. Mais nous étions là pour toi, pas pour lui. Tu aurais pu jouer n'importe quoi, on aurait écouté.

Je contemplai la circulation sur le goudron du boulevard Saint-Germain. Dessous, les racines des arbres qui s'étiraient vers l'extérieur. C'était tout un monde qui respirait sous les taxis et les bus de nuit. De fait, le chef d'orchestre me tournait le dos. Il travaillait pour l'orchestre face à lui. Il avait pivoté pour voir ce qui prenait à la pianiste. De fait, il avait communiqué son désarroi au public. Non pas par des mots, mais par des gestes. Le bout de sa baguette décrivant de petits cercles près de son oreille, lui se tapotant le crâne avec l'index, haussant les épaules de désespoir, amusant la galerie. Malgré ses moqueries, mes mains avaient refusé de jouer pour lui.

Je bus une gorgée du thé au gingembre.

Tu ne peux pas bâillonner tout un orchestre, dis-je. Ils ont un travail à faire. Ils répétaient depuis des mois.

Bien sûr que tu peux, dit Julia. C'était lui qui avait la baguette. C'est son job de diriger l'orchestre. Il aurait pu écrire l'histoire. Il aurait pu créer un espace pour qu'on t'entende.

Après avoir cliqué sur le bouton Fin d'appel dans la nuit froide et sous la lune de Maubert, je me couchai et, dans un violent accès de larmes, réintégrai mon corps.

17

Doit-on se défendre de l'amour ? Arthur m'avait envoyé un message :

Chaque jour où je ne t'entends pas jouer me rapproche sourdement de la mort.

Impossible de ne pas penser à cette mort sourde pendant que je descendais mes poubelles dans le local, encore faible et tremblante après toutes ces heures à pleurer. La concierge était portugaise. Elle vivait avec sa famille dans l'appartement à droite de l'ascenseur. Elle voulait savoir si j'avais retrouvé mon téléphone. Oui, un homme de Dresde me l'a rendu, dis-je. Elle regarda le sac dans ma main. Son mari était en charge des bennes à ordures, m'expliqua-t-elle, mais il était important de bien nouer les sacs parce qu'il y avait des souris dans l'immeuble.

Les souris ont des dents, fis-je remarquer. Le nœud aura beau être solide, elles peuvent déchirer le plastique.

Elle afficha un sourire et secoua la tête. Oui, mais ça leur complique un peu la vie. Elles se sentent tellement à l'aise qu'elles font pipi dans l'ascenseur. Elle précisa qu'elle faisait le ménage dans plusieurs appartements. Des gens riches lui avaient dit

qu'avec la pandémie, ils s'étaient aperçus combien les personnes comme elles étaient importantes.
Elle n'avait jamais pensé qu'elle n'était pas importante, dit-elle.

J'allai à Odéon faire un test antigénique dans une tente de dépistage à côté du métro. Rajesh avait attrapé le virus. Quel choc, gémit-il, de voir deux lignes rouges apparaître d'un coup sur le rectangle blanc fabriqué en Chine. Je ferais mieux de faire des provisions de nourriture. Sa voisine, Alizée, venait de lui apporter tout un tas de tranches de foie de veau. Non seulement il était végétarien, non seulement les vaches et leurs petits étaient pour lui sacrés, mais en plus, c'était Alizée qui lui avait transmis le Covid. Je n'écoutais que d'une oreille parce que j'avais mal à la tête et n'en finissais pas d'éternuer. J'annulerais mon cours avec Aimée, irais me coucher et me préparerais à rendre mon dernier souffle.

Le test était négatif.

En route pour mon second cours avec Aimée, je passai devant une statue de Montaigne. Quelque chose m'incita à toucher sa chaussure en bronze. Elle brillait tant que d'autres passants avaient dû faire comme moi. Pourquoi voulait-on tous toucher sa chaussure ?
Elle avait une bride sur la cheville. Ainsi qu'une boucle.

Aimée semblait préoccupée et nerveuse. Je lui demandai à quoi elle pensait. Au début, elle feignit de m'ignorer et continua de marteler le clavier. Je remarquai qu'elle avait des ongles très pointus. Vernis de rose. Je finis par lui dire de faire une pause, je lui jouerais le Satie en entier pendant ce temps. Cette proposition parut l'exciter. Je m'aperçus soudain qu'elle m'admirait. Après avoir pleuré pendant des heures la nuit précédente, j'étais touchée, émue par son respect. Elle essuya même le tabouret avec son gilet et me demanda où elle devrait s'asseoir. Je lui dis de prendre une chaise et de venir à côté de moi au piano. Était-elle d'accord avec le fait que le morceau devait être joué lentement et avec des accents mélancoliques ? Ça dépend, dit-elle. C'est surtout qu'il pose une question dont il ne veut pas connaître la réponse.

Pendant que j'interprétais la *Gymnopédie n° 1*, elle se mit à parler. Elle pensait au chat de son enfance. Un siamois. Il aimait manger des fleurs, et par-dessus tout, le mimosa. Alors elle en coupait quelques branches de temps en temps pour donner les fleurs jaunes à dévorer au chat. Je crois que c'était comme une drogue, dit Aimée, un hallucinogène. Ce chat dormait toujours sur le ventre d'Aimée sous les couvertures. Au mois de février de ses treize ans, alors que le mimosa était en fleur, elle avait attrapé une bronchite et sa famille avait fait venir le médecin. Il avait soulevé le drap pour écouter son cœur avec un stéthoscope froid. À un moment donné, il avait appuyé le stéthoscope sur son sein. Son téton, plus exactement, qui n'avait rien à voir avec ses problèmes respiratoires. Puis sur son autre sein. Et même chose. Le stéthoscope appuyait. Exactement comme juste avant. Elle voyait l'excitation du médecin. Le chat sur son ventre avait bondi et griffé l'homme au visage. Trois marques profondes. Il saignait du front au menton. Il avait exigé que le chat soit euthanasié.

Quelqu'un frappa à la porte. Deux coups. La mère d'Aimée entra pour nous dire que le cours était terminé et que sa fille devait se concentrer sur ses devoirs d'histoire. Nous avons négocié une demi-heure supplémentaire. Durant cet échange, ce marchandage pour avoir plus de temps, sa mère m'adressa des regards suppliants, insinuant que sa fille était déséquilibrée. Je fermai la porte et me remis à jouer le morceau le plus connu de Satie. Atmosphérique. En avance sur son temps. Compris vingt après avoir été composé. J'adoptai l'interprétation d'Aimée, et tout en discutant, je jouai la partition comme une question douloureuse traversant les époques.

Et si ça avait été toi, dis-je, qui l'avais griffé au visage ?

Je n'ai pas eu à le faire. Le chat m'a protégée.

Tu veux dire que le chat a fait ce que tu voulais faire ?

Oui.

Où étaient tes parents ?

Haha, rit-elle, mais jaune. Ils respectent l'autorité, alors quand un médecin leur dit de sortir, ils lui obéissent. Aimée avait de l'humour. Le médecin avait dit à son père qu'il avait vu le chat dans un champ quand il était sur l'autoroute vers la Normandie. Il traquait des moutons, prêt à les attaquer, un vrai tueur.

Qu'est-il arrivé au médecin ?

Mon siamois lui a fait peur. Il n'est jamais revenu. Il paraîtrait qu'il est mort d'une crise cardiaque au Havre. Ses doigts retrouvèrent le chemin des touches et elle prit ma suite. J'aimerais avoir une vie comme la vôtre, murmura-t-elle, voyager aux quatre coins du monde pour donner des concerts.

Où était son chat à présent ?

Chez sa grand-mère à la campagne.

Aimée voulait que je sache qu'elle avait un petit ami. Ils étaient partis faire du camping le week-end précédent, avaient fumé de l'herbe dans la tente et joué au poker. Elle allait bien, dit-elle, mais un feu furieux la consumait parce que personne ne la croyait. Ce feu brûlait en elle depuis trois ans.

Mais bref, pourquoi vous portez tout le temps ce chapeau ?

On est en *ré dièse*.

Pardon. Elle corrigea son erreur.

Je lui racontai les chevaux dansants à Athènes et la femme qui les avait achetés. De ma conviction qu'elle était une espèce de double psychique. Parfois, dis-je, nous nous parlons.

J'appréciai le long regard froid qu'Aimée m'adressa à cet instant. Ses yeux marron clair qui m'évaluaient. Sa professeure qui avait visiblement pleuré toute la nuit était-elle folle ou saine d'esprit ? Cela avait-il de l'importance ? Elle avait une autre question à poser au sujet de la femme qui avait acheté les chevaux :

Mais pourquoi exprime-t-elle vos pensées à votre place ?

Eh bien, il faudra poser cette question à ton chat.

J'aimais regarder les jolies griffes roses d'Aimée sur le clavier.

Pour mémoire, dis-je en me tournant vers elle, sache que je te crois. Et je suis heureuse que le chat ait été de ton côté pour repousser ton prédateur.

Elle eut l'air déconcertée, mais intéressée.

Vous venez de verser de l'eau sur mon feu, dit-elle.

Je me levai et la laissai penchée sur le piano, un Érard en bois de rose ciré.

Le médecin a vraiment demandé à ce que le chat soit euthanasié ?

Non. Elle leva les yeux vers moi. C'est le seul détail que j'ai inventé.

On rit un moment. Un rire étrange. Qui libérait une rage profonde.

Soudain, elle était un peu plus gentille en *ré dièse*.

Je suis triste que ce soit notre dernier cours, dit-elle. Je suis tout à fait capable de jouer Satie, bien sûr, je voulais juste vous rencontrer. Qu'est-ce que vous faites demain ?

Je lui dis que j'avais rendez-vous avec un documentariste rencontré sur un bateau en Grèce.

Quoi que vous fassiez, Elsa, ne fumez pas de cigare pendant ce rendez-vous.

Je ne fume pas de cigares.

Si. Je le sens sur vos vêtements.

Aimée prit sa bouteille de parfum qui sentait la figue et en vaporisa sur mes poignets d'un geste théâtral.

Alors que je remontais le couloir, sa mère m'interrogea de but en blanc sur l'état d'esprit de sa fille.

C'est vrai que votre médecin de famille est mort ? lui demandai-je à mon tour de but en blanc.

Oui, c'est vrai.

Vous devriez écouter votre fille.

La mère déclara qu'elle l'écoutait jouer du piano depuis toujours.

Non, vous devriez écouter ses mots.

Je n'aime pas les mots, répliqua-t-elle brusquement, c'est pour ça que j'ai tapissé la salle de bains de ma mère avec la *Pathétique*.

18

La dernière fois que j'avais vu Tomas, nous avions soulevé la queue pour nous embrasser sous les étoiles de Poros. Regrettais-je de l'avoir abaissée dans la foulée ? Pour éviter les sujets gênants, nous avions mis la tête sous l'eau. De retour à la surface, nous n'avions toujours pas dit un mot. Nous étions nus, soûls et confus. Alors que nous cherchions nos vêtements sur la plage déserte, j'étais tombée sur un vieux briquet en or dans le sable. Il imitait un lingot d'or et le mot *champion* était gravé sur sa base à la place de la marque. Je l'avais gardé en souvenir. Sa flamme haute était à l'image de cette soirée dans la baie de l'Amour. Et il était en or, pareil à un trésor découvert dans une épave.

Il nous avait réservé une table pour le déjeuner dans une brasserie de Bastille. J'arrivai avec cinq minutes d'avance. Des hommes équipés de marteaux piqueurs et de casques antibruit étaient en train de défoncer le trottoir. Je bataillai pour atteindre la porte. Je retirai mon chapeau mou noir et le tendis au serveur. Il l'accrocha à un portemanteau en bois qui vibrait sous l'effet des travaux qui avaient lieu à l'extérieur. Dans ce coin de la brasserie, il semblait mu par une énergie nerveuse.

Le serveur s'excusa du bruit et désigna notre table. Je reviens avec une coupe de champagne offerte par la maison, dit-il.

Quand Tomas entra, il se plaqua les mains sur les oreilles et proposa d'aller manger ailleurs. Nous discutâmes de la situation comme un vieux couple, mais quand le serveur arriva avec ses deux coupes de champagne, nous redevînmes des étrangers et décidâmes de rester.

Tomas commanda une douzaine d'huîtres et deux oursins, ce qui nous rappellerait notre sortie en bateau à Poros, dit-il.

Il était plus à l'aise dans sa ville d'adoption. Il avait mis une orchidée à la boutonnière de sa veste. Il me raconta qu'il avait accepté un petit boulot en plus. C'était une pause bienvenue dans le documentaire sur Agnès Varda. Il tournait un film de douze minutes sur la chambre de Proust. Pour s'imprégner de l'esprit de Proust, qui portait une orchidée fraîche à sa boutonnière tous les jours, il faisait parfois de même, mais seulement quand il avait rendez-vous avec quelqu'un pour qui il avait de l'affection.

Nous trinquâmes.

Je lui demandai ce que la chambre de Proust avait de spécial.

Elle était tapissée de panneaux de liège à cause de son asthme et de ses allergies. Le liège le protégeait du pollen et de la poussière. Et bien sûr, grimaça Tomas, cela insonorisait la pièce. Cette brasserie devrait peut-être faire la même chose.

Les marteaux piqueurs se turent un moment.

Je nous commandai une bouteille de vin, un Muscadet qui venait de l'endroit où la Loire se jetait dans l'Atlantique, expliqua le serveur. La dernière fois que j'étais dans un pub à Londres, le serveur avait dit du vin que j'avais choisi qu'il avait des notes de cour de ferme. Voulait-il dire qu'il avait un goût de boue ? C'est un vin naturel, avait-il vaguement répondu.

Les marteaux piqueurs étaient de retour et plus personne ne s'entendait.

Tomas parla plus fort, mais je ne compris que le mot *technologie*.

Qu'est-ce que tu as dit à propos de la technologie ?

Il existe un logiciel dans lequel tu peux entrer la voix d'une personne célèbre et ensuite, cette voix prend en charge la narration de ton script.

Il avait cherché un enregistrement de la voix de Proust, en vain.

Je trouvai ça mal d'utiliser la voix de Proust. Il voulut savoir pourquoi.

Tu lui volerais sa voix. Ce n'est déjà pas anodin de lui faire dire ce que tu penses, tu ne peux pas en plus te servir de sa voix.

Bon, nous ne sommes pas d'accord, hurla Tomas, comme nous ne serons pas non plus d'accord au sujet de cette nuit à Poros. Mon scénario ne te plaira pas.

Les marteaux piqueurs s'arrêtèrent quelques secondes.

Que s'est-il passé d'après toi ?

Ça ne vaut pas la peine de revenir là-dessus. J'avais envie de baiser avec toi, hurla-t-il à l'adresse générale, mais ce n'était pas ce que tu voulais.

Retour des marteaux piqueurs.

Je suis d'accord. À cet instant, je hurlais presque. Mais tu peux dire : "Elle ne voulait pas baiser avec moi" en utilisant ta propre voix plutôt que la mienne.

Il avait fait couper ses cheveux court et portait un costume.

Les huîtres arrivèrent à table sur un plateau en inox chargé de glace pilée. Apparemment, il n'y avait plus d'oursins. Quelqu'un d'autre en avait commandé six avant nous. Tomas suggéra que j'enfile mon bikini, attrape une fourchette et parte en pêcher.

Tu es brutale, dit-il.

Peut-être que je le suis.

Le serveur nous apporta notre Muscadet. Sentir le goût de cette première huître sur ma langue à Bastille était comme de regagner l'océan. La poussière du métro était encore sur mes vêtements, dans mes cheveux, la circulation et les sirènes encore dans ma tête, Paris collé à mes semelles. Tomas se pencha en avant et me tapota le nez de son doigt froid à cause de la glace.

En fait, ta voix est assez étrange. Ton accent, je veux dire. Ton accent anglais. Je n'arrive pas à le situer.

Je suis née à Ipswich, me suis-je entendue dire. J'y ai vécu les six premières années de ma vie.

À part ça, comment ça se passe, à Paris ? demanda-t-il comme si cette dernière révélation n'avait pas d'importance. Tu lis toujours la biographie d'Isadora Duncan ?

Oui. Elle ne mangeait pas souvent à sa faim quand elle était petite. Sa mère tricotait des gants et des bonnets pour qu'Isadora aille les vendre en faisant du porte-à-porte. Parfois, elles n'avaient même pas de quoi se payer une chambre pour la nuit.

Pourquoi ça t'intéresse tellement ?

Je crois que ma mère était pauvre.

Tu n'es pas sûre ?

Je le sais.

Retour des marteaux piqueurs. Le temps et l'espace entre chaque session de martèlement étaient très tendus. Dix secondes, trois secondes, une minute. Cela me rappelait le tracteur échoué dans le pré près d'Ipswich, le moteur qui démarrait et calait. Je posai la main sur la glace pilée qui soutenait les huîtres. En disant “je le sais”, j'eus le même flash à Paris qu'à St Pancras. Le piano, le Bösendorfer de concert tiré par le tracteur jusqu'à la maison de ma famille d'accueil. Mais agrémenté d'un nouvel élément. Un élément incroyable. Les hommes avaient détaché la remorque du tracteur. Il y avait eu des cris. Puis le silence. Un paysan avait conduit des chevaux dans le champ. Et les chevaux avaient tiré la remorque jusqu'à la maison de mon enfance. Tomas, lui, continuait de parler, ses lèvres bougeaient, le serveur tournait autour de nous, nos verres de vin étaient vides et puis Tomas regarda quelque chose au loin, comme on regarderait l'horizon pour ne plus être malade.

Mon piano était arrivé.

C'était un vrai piano.

C'est drôle, remarqua Tomas, qu'on n'ait pas fait l'amour dans un endroit appelé la baie de l'Amour.

Si l'amour pouvait parler, quelle voix aurait-il ? Le piano à queue Bösendorfer était arrivé à la maison. Je le touchai et il me toucha en retour. Il était pour moi comme le corps de ma mère. Nous ne serions plus jamais séparées.

La rechercher par le biais du piano.
La rechercher par le biais du chapeau.

Tomas suggéra d'aller prendre le café ailleurs. Après quoi il lui faudrait retourner à son film sur la chambre de Proust. Il voulait savoir si j'avais lu *À la recherche du temps perdu.*

La rechercher partout. Tous les jours.

19

Tous les jours j'effectuais le trajet jusqu'à la piscine Joséphine-Baker, située en bord de Seine. Elle était construite sur une péniche. Je pouvais donc nager sur la Seine sans être dedans. Pour l'instant, j'étais une nageuse horizontale. J'étais convaincue que la femme qui avait acheté les chevaux pensait à moi. Je devais la trouver de toute urgence. Il ne me restait plus que deux précieuses journées à Paris avant de rentrer à Londres. Je marchais seule pendant des heures dans les jardins du Luxembourg à sa recherche. Elle avait en sa possession les chevaux qui avaient rapproché de moi le corps de ma mère. À quoi pouvaient-ils bien lui servir ?

Je crus la voir près d'un distributeur de billets sur le boulevard Raspail. Elle me tournait le dos, grande et mince, vêtue d'un chemisier près du corps rouge en mousseline de soie rentré dans son pantalon également moulant. Elle se dirigea vers le Select de l'autre côté du boulevard, alors je la suivis. Elle lisait le journal. Un homme vint à sa table et l'embrassa sur les lèvres. Puis elle l'attira contre elle et l'embrassa à son tour. Il ne me paraissait pas vraisemblable que mon double prenne le soleil sur les rivages de l'amour. On pouvait même dire que la femme du Select se jetait à l'eau.

Peut-être que je le serai.
Peut-être que tu seras quoi ?
Toujours.
Toujours quoi ?
Je n'étais pas toujours obligée de répondre à la femme qui avait acheté les chevaux.

La nuit précédente, j'avais rêvé qu'elle et moi rejoignions une île à la nage. De nuit. J'avais suggéré de prendre un ferry, mais elle préférait nager. En fait, cela nous excitait, nous avions l'impression d'en être capables, de pouvoir effectuer cette traversée. Alors que nous nous préparions psychologiquement à cette aventure, elle essayait des chaussures blanches à la mode dotées de semelles épaisses et de boucles dorées. Ce faisant, je compris que nous étions plus ou moins convenues de nager d'un lieu où nous étions en sécurité (la maison) à un autre, inconnu (l'île), mais que nous repoussions le moment du départ parce qu'elle essayait des chaussures. Ces chaussures blanches ne ressemblaient pas à ce qu'elle portait en temps normal, mais je lui dis qu'elles lui allaient bien. Je me demandai si j'avais mis cette traversée risquée sur pause en introduisant les chaussures blanches.

La concierge m'avait laissé un message concernant les clés de l'appartement du boulevard Saint-Germain. Je devrais les lui remettre à quatorze heures trente précises. Mon sac avec mes vêtements ainsi que mes livres était prêt et je vérifiai le numéro de ma place dans l'Eurostar. Puisqu'il n'était que onze heures, je traversai la rue pour prendre un café près de la bouche du métro Maubert-Mutualité.

De ma table en terrasse, j'observai le fromager d'en face, le caviste, le boucher et la station de taxis où cinq véhicules étaient garés en file indienne. Dans le café, on avait inscrit à la craie sur un tableau noir que l'happy hour aurait lieu de dix-sept à vingt heures. Les serveurs portaient encore des masques, y compris pendant l'happy hour, les élastiques blancs passés derrière leurs oreilles.

Un SDF vint me demander de l'argent. Le soleil hivernal éclairait ma petite table en terrasse. Ses rayons réchauffaient mon visage, et quand mes doigts, à présent éclairés pas le soleil, fouillèrent dans mon sac, je m'aperçus que je n'avais plus de monnaie. Je lui donnai le billet de cinquante euros que j'avais rangé avec les clés de chez moi à Londres. Le plus étrange, surtout après le rêve de la nuit précédente, était qu'il y avait aussi un maillot de bain mouillé dans mon sac. L'homme voulait que je le lui donne. Il gesticulait pour que je lui remette le vieux maillot avec ses bretelles croisées. Il le désirait intensément.

Je crus même qu'il se mettrait à pleurer si je refusais. En même temps, le regret de ne pas avoir gagné l'île à la nage avec mon double dans le rêve me tourmentait. Ô monde brisé, tu as capturé mon esprit. Je n'avais pas investi cette traversée vers l'amour.

Une fois l'homme parti avec mon maillot mouillé, je pris ce qui s'apparentait à un bain de soleil, me dorant à cette lumière de novembre.

Cette chaleur momentanée était d'autant plus bienvenue que mon manteau était au pressing rue des Carmes. Je consultai le ticket blanc et vis qu'il serait prêt samedi. Nous étions mardi et je rentrais à Londres. En ce mois de novembre à Paris, je n'avais donc ni manteau ni maillot de bain.

Le serveur me disait quelque chose.

Madame, s'il vous avait demandé vos chaussures, est-ce que vous les lui auriez données ?

S'il vous avait demandé votre chapeau, est-ce que vous le lui auriez donné ? Est-ce votre cousin ?

Le soleil avait continué sa route comme il se doit, comme nous devons tous continuer la nôtre, ce qui, d'après moi, était le message qu'avait voulu faire passer le rêve. Une petite voiture jaune s'arrêta au feu. Quatre lamas se dressaient à l'arrière. Je plissai les yeux pour vérifier que je n'avais pas la berlue. Ils tournaient tous la tête dans la même direction. Ils regardaient à droite, alors je fis de même. Ils observaient les ampoules suspendues aux structures des stands du marché de la place Maubert. Il y a tant de sérénité à rester immobile un moment au même endroit, pensai-je. Peut-être même qu'on verra passer une voiture jaune avec quatre lamas dressés à l'arrière.

Et qu'une personne démunie demandera de l'argent.

Les lamas offraient une sorte de pause douce et apaisante après les chevaux qui avaient tiré le piano à travers champ jusqu'à la maison de mon enfance. Je savais que je reviendrais à Paris retrouver mon double et récupérer mon manteau au pressing.

20

LONDRES, DÉCEMBRE

Rajesh s'installa chez moi pour les fêtes de Noël.

Il avait récemment acheté un chaton qu'il avait appelé Lucy. Il m'expliqua vouloir un nom apaisant parce qu'il était convaincu que nous aurions tous bientôt disparu. D'après lui, nous vivions la fin des temps. Hausse de l'inflation et du niveau de la mer, tout le monde perdrait son emploi et se noierait. Le chaton prit lui aussi ses quartiers. J'aimais regarder ses pattes douces sur les touches de mon Steinway, Rajesh ayant retiré le drap qui le couvrait pour en jouer de temps en temps et tenter de m'y ramener. La chatte était noire avec un ventre blanc et sautillait joyeusement à travers l'appartement de jour comme de nuit. On installa la litière dans la salle de bains. Sans qu'on comprenne pourquoi, chaque fois qu'on jouait aux échecs, Lucy quittait la pièce et s'en allait à la salle de bains. Sa façon d'organiser ses rituels de toilette ravissait Rajesh.

Nous en savons trop sur nos petites manies respectives, murmura-t-il en prenant son chat dans ses bras pour lui embrasser les oreilles. Nous allons jouer aux échecs, Lucy. Est-ce qu'il n'est pas l'heure de faire caca ?

Le soir, quand nous jouions aux échecs, le cavalier me rappelait les lamas aperçus dans la voiture jaune à Paris. Pendant que je me querellais avec l'esprit chaotique de Rajesh sur l'échiquier – qu'est-ce qu'il fabriquait avec sa reine ? – je lui parlai du siamois d'Aimée.

Je crois que le médecin de famille a tenté de l'agresser. C'est l'impression qu'elle m'a donnée. Le chat était son double, il a fait fuir le médecin. Rajesh eut les larmes aux yeux. Il avait de longs cils soyeux.

Tu n'aurais pas des histoires plus apaisantes ?

Non.

Adolescent, j'étais quelqu'un de serein, dit-il. Je suis devenu névrosé à vingt ans quand je me suis mis à boire des smoothies à l'avocat et à m'efforcer de n'avoir que des pensées positives.

Ma voisine Gaby, diminutif de Gabriella, arriva avec une commande de poulet frit. Gaby voulait rencontrer mon nouvel amant. Quel nouvel amant ? Celui dont tu portes le chapeau. Non, dis-je. Pas son chapeau à lui. Son chapeau à elle. Et au fait, Rajesh n'est qu'un ami.

À croire que je gardais le chapeau en otage dans le nord de Londres. Il dormait sur un crochet à la porte du salon. Il était moins une présence apaisante qu'une question flottant à travers le temps, alors que Londres avait une heure de retard sur Paris et deux sur Athènes.

J'avais oublié de dire à Aimée que pour Erik Satie, ça n'était pas poli de demander quel était l'intérêt d'une question.

Gaby ouvrit la barquette avec le poulet frit et me passa une fourchette en plastique. Un scandale avait éclaté dans une station balnéaire britannique peu de temps auparavant. Une femme avait trouvé trois petites plumes dans son poulet frit. Elle avait d'abord cru qu'il s'agissait de minuscules pattes. Elle avait retiré les plumes, et le journal avait publié une photo où elle les tenait au creux de sa paume. Apparemment, le gérant avait expliqué qu'en général, son établissement proposait une nourriture d'excellente qualité, mais que cette histoire n'était pas bien grave. Rajesh trouvait bien de remettre l'animal au centre, l'équivalent d'une dent de porc trouvée dans sa saucisse. Il ouvrit toutes les fenêtres pendant que Gaby et moi mangions le poulet, comme si le volatile pouvait s'envoler.

Une fois Gaby partie, nous nous sommes allongés par terre pour écouter *Morning Raga* de Ravi Shankar. Il était minuit. Lucy jouait avec une décoration sur le sapin. Nos cadeaux étaient dans leurs paquets sous les guirlandes lumineuses clignotantes que nous avions accrochées aux branches. Nous attendions quelque chose, mais ce n'était pas le jour de Noël.

Rajesh me persuada de répéter un duo piano et clarinette pour Arthur. Chaque fois que nous jouions ensemble, une espèce de charge érotique envahissait la pièce. Nous le savions tous les deux et tentions de ne pas y prêter attention, mais elle était là, pareille à la première neige tombée sur les berges boueuses de la Tamise. Nous étions sortis les explorer à marée basse. À ma grande surprise,

Rajesh me confia qu'il passait souvent ses week-ends sur la plage près du pont de Southwark. Nous avions trouvé le fourneau et le tuyau cassés d'une pipe en terre. D'après Rajesh, elle remontait au XVIIIe siècle, à l'époque où tous les villages avaient leur fabricant de pipes.

Qu'il neige ou qu'il vente, sa beauté fleurissait dès qu'il jouait de la clarinette, son souffle long et profond, sa façon de mouiller l'anche avec sa salive avant de la fixer au bec.

Marcus m'a appelée sur FaceTime au cours de l'une de nos répétitions. Iel s'était mis•e à composer et avait aimé que je lui demande d'écrire un morceau pour violoncelle de deux minutes douze secondes. Travailler avec Bella n'avait eu que des bénéfices.

Je ne savais pas comment expliquer à Bella tout le temps que je passais avec Rajesh. Je n'avais donc pas répondu aux différents SMS où elle me racontait ses cours avec Marcus.

En fait, j'étais si pressée de ne plus parler de Bella, que je dis à Marcus qu'Isadora Duncan avait monté une école de danse en Allemagne. Elle avait fini par gagner de l'argent grâce à sa tournée internationale. C'était un tel soulagement, dis-je, de penser qu'Isadora, qui s'était si souvent couchée le ventre vide quand elle était petite, était désormais pleine aux as. Elle avait acheté une villa à Berlin et choisi ses meubles au grand magasin Wertheim.

Qu'est-ce qu'elle a acheté ?

J'entendais Marcus bâiller sur l'île de Poros.

Quarante petits lits pour ses élèves. Et elle a installé la statue d'une guerrière mythique dans le hall d'entrée. Elle voulait créer un paradis pour les enfants. Aucun d'eux n'aurait faim. Ils suivaient tous un régime végétarien et dansaient sur du Beethoven, du Brahms et sur la *Marche funèbre* de Chopin.

Super, dit Marcus. Est-ce qu'ils étaient orphelins ?

Je ne sais pas.

Peut-être que je le suis.
Peut-être que tu es quoi ?

*

Marcus m'expliqua que le pensionnat de son frère en Grande-Bretagne ne ressemblait pas du tout à l'école d'Isadora. Tout le contraire, même, à ce qu'iel en avait vu. Rien pour s'élever et se tourner vers l'extérieur. Ni bonds ni fléchissements.

Peut-être qu'ils devraient tous danser l'Isadora plutôt que de jouer au rugby ? Est-ce qu'on peut déclarer une guerre quand on effectue des bonds vêtu d'une toge légère ?

Rajesh nous interrompit pour faire remarquer que les Grecs en toge de l'Antiquité étaient tout le temps en guerre.

Mon père aussi est toujours en guerre, rétorqua Marcus, et il porte une longue queue-de-cheval et des baskets. Ma mère aussi est toujours en guerre, surtout avec mon père, et elle porte des boucles d'oreilles en diamant.

Peut-être que je l'étais.
Peut-être que tu étais quoi ?
Orpheline.

Après cet appel, je sortis acheter deux tomatilles au nouveau magasin bio qui pratiquait des prix exorbitants. C'était un fruit aussi rouge que le sang menstruel, sucré et charnu.

21

J'avais goûté ma première tomatille avec Arthur en Colombie quand j'avais trente ans. Nous passions deux jours à Carthagène après un concert à Bogotá. La tomatille juteuse était le seul fruit qu'Arthur acceptait de manger en Colombie. Il était convaincu que le ceviche, “ce poisson cru”, comme il disait, qu'on servait partout allait le tuer. Il ne s'était nourri que de chips au fromage jusqu'à ce qu'il découvre que l'hôtel proposait des tomatilles au petit déjeuner. Ce fruit en forme d'œuf avait un goût aigre-doux vivifiant qu'on pourrait rapprocher du fruit de la passion. Le matin où nous découvrîmes la tomatille, un oiseau bleu foncé aux yeux dorés et à la longue queue atterrit sur notre table près de la corbeille de pain. Son œil gauche doré se mit à gonfler comme s'il allait lui jaillir de la tête, et l'oiseau s'envola d'un coup avec notre pain dans le bec. L'organisation du casse avait presque pu se lire dans son œil gauche.

Oui, dit Arthur, quand l'inspiration nous gagne, comme ce qui vient d'arriver à cet oiseau, le corps s'altère, il change.

L'inspiration m'avait gagnée. À peine arrivée à la maison, j'ouvris les tomatilles, récupérai les graines noires à l'aide d'une cuillère et les plantai dans un plateau pour semis en plastique noir. Je les arrosai chaque jour et attendis. Une tige apparut une semaine plus tard. Elle frémissait dès que je la touchais. Tandis qu'elle grandissait, j'en vins à la voir comme une mère ou une maîtresse de cérémonie. Elle présentait les jeunes pousses les unes aux autres. La plante grandissait et comptait désormais trois tiges. Qui se courbaient pour atteindre les nouvelles pousses. Ce petit monde se parlait, ça ne faisait aucun doute.

Les jeunes pousses dégageaient une odeur de minuit et de pierres brûlantes sous la pluie.

Comme elle.

22

Le jour de Noël, Rajesh et moi avons interprété la *Rhapsodie in Blue* de Gershwin pour Arthur. Une fois le téléphone calé sur un pupitre, nous avons entamé notre concert retransmis par FaceTime. Rajesh offrit son souffle long, fléchit les genoux et se dressa sur la pointe des pieds. Arthur était installé dans un fauteuil, enveloppé dans un châle en velours rouge. Il avait un livre posé sur les genoux. Il paraissait maigre et fragile. À l'occasion, il fermait les yeux comme si ça aussi, il devait l'endurer. Son voisin, Andrew, était assis à ses côtés et, de temps en temps, coinçait le châle sous les jambes d'Arthur.

Rajesh, tu as tellement engraissé, murmura Arthur.

C'était tout ce qu'il avait à dire du concert.

Quand Rajesh disparut dans la cuisine pour nous préparer du poisson au tamarin, je le suivis et laissai le téléphone sur le pupitre. Mon Dieu ce que je peux le détester, notre roi-nain, marmonna Rajesh. Toi aussi tu trouves que j'ai engraissé ? Je secouai la tête et dis qu'Arthur était fou, c'était sans doute une hallucination. Rajesh se mit à écraser furieusement l'ail et le gingembre dans un mortier.

Je retournai voir Arthur à l'écran. Il avait ouvert le livre sur ses genoux. Pour ne pas être en reste après notre performance, il déclara qu'il voulait nous lire son passage préféré de Walt Whitman.

Je le connaissais par cœur. Il me le lisait depuis mes douze ans.

> "Rejette tout ce qui offense l'âme, et ta chair même deviendra un poème merveilleux et jouira de la fluidité la plus complète, non seulement dans tes paroles, mais dans les lignes silencieuses de tes lèvres et de ton visage et entre les cils de tes yeux et dans chaque mouvement et articulation de ton corps."

Rajesh criait depuis la cuisine. Quelque chose à propos de son âme offensée par Arthur et combien chaque articulation de son corps le détestait, ainsi qu'entre les poils de ses aisselles et les lignes silencieuses de ses testicules.

Le visage d'Andrew apparut à l'écran. C'était un homme émacié aux yeux d'un bleu métallique. Apparemment, ils devaient raccrocher parce qu'ils allaient déjeuner chez le pharmacien et sa femme.

Je lui demandai de rendre son téléphone à Arthur.

Elsa, dit Arthur, où es-tu ?

À Londres.

Tu vois toujours la vie en bleue ?

Arthur, il faut que je te montre les graines de tomatille que j'ai fait pousser pour toi.

J'approchai le téléphone des plateaux alignés sur le rebord de la fenêtre et tournai l'objectif vers les feuilles en forme de cœur, fragiles et parfaites.

Ma chère, dit-il, nous nous retrouverons sous leurs branches chargées de fruits après la pandémie.

Arthur, je crois que tu connaissais ma mère.

Le visage d'Andrew revint à l'écran.

Le Maestro est fatigué, ça suffit.

Est-ce que c'était ton élève ?

Qui ça ?

Ma mère.

Il redoutait cette conversation depuis qu'il m'avait adoptée.

Tu devrais lire les papiers.

Les guirlandes clignotaient sur le sapin que Rajesh et moi avions décoré. Les chocolats à la liqueur étaient suspendus aux branches. Le chaton avait donné un coup de patte dans l'un d'eux et l'avait fait tomber. Je n'avais jamais connu de Noël plus chaleureux. J'avais l'impression de vivre dans ces images qu'on voit sur les calendriers de l'avent qui sont mis en rayon dès le mois d'octobre. Rajesh célébrait Diwali plus que Noël. Il avait fait tout ça uniquement pour moi.

Remontre-moi les tomatilles, dit Arthur dans un souffle.

Je tournai à nouveau le téléphone vers le rebord de la fenêtre.

Ah, de même que Walt Whitman a fécondé la poésie américaine par ses longs vers cadencés, les graines de tomatilles m'ont fécondé et font de moi un verger.

Maussade, Rajesh déambulait dans l'appartement en short et sandales de cuir pendant que le poisson cuisait. Il ne semblait pas avoir froid. Peut-être était-il encore offusqué du commentaire d'Arthur. Je nous préparai deux negronis de Noël le temps qu'il aille se raser dans la salle de bains, Lucy l'observant depuis sa litière. Il écoutait toujours *Piano Works* de John Cage le matin.

J'ai entendu ta conversation avec Arthur, dit-il au cours du déjeuner.

À l'aide d'une cuillère et d'un couteau, il préleva de façon experte la succulente chair blanche de la dorade à la longue épine dorsale. Rajesh s'était réveillé une heure plus tôt que d'habitude pour faire tremper le tamarin dans de l'eau bouillante avant de le réduire en purée.

Pourquoi penses-tu qu'il connaissait ta mère biologique ?

Comment il aurait entendu parler de moi, sinon ?

Qu'est-ce que tu veux dire ?

Il est arrivé dans notre maison d'Ipswich et a demandé que l'enfant prodige joue pour lui.

Je ne comprends pas.

Quelqu'un lui a parlé de moi.

Tu as bien dû penser à tout ça avant aujourd'hui, non ?

Depuis toujours. Jamais. Peut-être.

Rajesh gratta ce qui restait du poisson et se resservit du riz à la noix de coco. Au bout d'un moment, il ajouta, Je n'écoute plus la signification de tes mots. Je me contente d'écouter les sons qu'ils produisent.

Je changeai de sujet et lui parlai plutôt de Tomas. Rajesh voulait savoir comment nous nous étions dit au revoir à la brasserie de Bastille. Avions-nous regagné sa chambre pour poursuivre la discussion sur celle de Proust ?

J'étais trop occupée à nourrir Lucy avec des morceaux de dorade pour me donner la peine de lui dire ce qui était arrivé. Quand sa mère appela de Dublin, ils parlèrent un moment sur haut-parleur. Elle dut oublier que j'étais assise en face de son fils parce qu'elle lui demanda pourquoi il vivait avec la folle bleue.

Rajesh jeta violemment son téléphone par terre.

Mon Dieu, gémit-il, en se plaquant les mains sur les yeux.

Les mots de sa mère m'étaient parvenus sous forme de bruits de circulation dans une rue encombrée, le rassurai-je.

Je vais danser l'Isadora, cria-t-il soudain à Lucy.

Il déplaça quelques chaises, retira ses sandales, écarta les bras en grand, bomba la poitrine, attrapa l'épine dorsale du poisson qu'il brandit dans sa main droite, puis tourna sur lui-même, fit de petits bonds et de plus grands, s'effondra au sol, se releva, sauta sur le canapé où j'étais assise et doucement, férocement, m'embrassa. Nous fîmes l'amour pendant tout l'après-midi tandis que le chaton gambadait près de nos chevilles.

Une chorale composée de six résidents du sous-sol réunis sur le parking se lança dans des chants de Noël. John Cage jouait toujours sur l'enceinte de Rajesh dans la salle de bains. Lucy s'était endormie sur mon piano.

Si seulement Tomas savait, dit Rajesh plus tard.

Quoi donc ?

Que pour se rapprocher du bijou vert dans ton nombril, il suffit de danser avec une grosse arête de poisson.

Marie appela pour nous souhaiter un joyeux Noël à tous les deux. Elle avait perdu le goût pour la confusion et l'incertitude, et passait cette journée de fête à écrire son prochain livre. Elle avait dit à Julia de partir, mais était toujours amoureuse d'elle. Julia avait trois autres amantes et pour Marie, c'était trois de trop. Rajesh estima que si elle avait perdu le goût de la confusion et de l'incertitude, elle passerait le prochain Noël seule.

23

Trois jours après Noël, je pédalai jusqu'à la Serpentine. La neige avait fondu et Londres était déserte. Alors que je poussais mon vélo à travers Hyde Park, j'aperçus un rasta sous un arbre avec une perruche verte sur l'épaule. Il tenait une pomme que l'oiseau picorait. L'homme sifflait, du grave à l'aigu, de l'aigu au grave, roulant des *rrr* pour attirer l'attention des oiseaux. Une autre perruche s'envola d'un arbre pour venir se nicher sur son épaule. J'observai l'homme et ses perruches un long moment. C'était intéressant d'écouter les sons qu'il produisait pour appeler les oiseaux et la façon dont ces derniers lui répondaient. Puis l'homme se dirigea vers un buisson, les perruches toujours sur l'épaule, et cueillit une brindille chargée de baies. Soudain, quelqu'un lui hurla dessus.

Vous savez lire ?

Un homme d'environ soixante ans qui promenait son chien sur le chemin désignait un panneau fixé à la rambarde.

Ça dit que cueillir les fleurs dans le parc est interdit.

Les choses auraient pu se passer de manière moins ridicule, un homme cueillant des baies, un autre l'agressant, mais voilà, c'était ainsi. Je désignai le chien, qui avait filé et creusait frénétiquement la pelouse.

Est-ce que vous pourriez tenir votre chien ?

Va te faire foutre, sale pute.

Il était blanc, en colère et flasque, alors que le Siffleur d'Oiseaux était l'inverse, noir, doux et tonique. C'était comme ça. On ne peut pas faire venir les perruches à soi si on est agressif. Le Siffleur d'Oiseaux ne nous prêta aucune attention et s'éloigna d'un pas léger. L'homme blanc avait le cerveau à ce point malade de rage et d'auto-apitoiement que ses yeux en étaient devenus petits et stupides. Les choses auraient pu se dérouler autrement, il aurait pu être cultivé, beau et tout aussi stupide, mais voilà, il était comme il était.

Écoutez, dit-il, et puis il se lança dans cette vieille rengaine qu'il connaissait par cœur : salope, gouine, hystérique. Il oublia *sorcière* mais se rattrapa en ayant des mots encore plus insultants à l'égard du rasta, rien de nouveau, toujours la même rengaine, donc. Et que, par-dessus le marché, il m'avait demandé d'écouter. Il conclut par un : Vous ne devriez pas faire de vélo dans le parc.

Je ne fais pas de vélo, je le pousse, hurlai-je en retour. Ce qui était vrai. Quand il se dandina vers moi en agitant sa laisse comme un fouet, je m'interrogeai : qu'est-ce que ferait Marie ? J'enfourchai mon vélo, fonçai vers lui, l'obligeant à faire un bond pour dégager de ma route. Ce sont toujours les mêmes qui chantent les mêmes vieilles rengaines.

Il y avait un nid-de-poule sur l'allée en béton et je chutai avant d'arriver au portail. Plus tard, je badigeonnai ma cuisse gauche d'arnica.

La fleur d'arnica appartient à la famille des tournesols de mon enfance.

Qui flamboyaient dans le champ au-dessus du pré interdit. Le pré m'avait rendue anxieuse, excitée, perdue. J'avais écrit une partition sous forme de fragments durant tout l'hiver et jusqu'au printemps. Elle regorgeait d'intervalles harmoniques dissonants. Je n'étais jamais très loin du piano, mais de toute façon, je l'entendais dans ma tête. Parfois je devais l'écrire pour l'entendre et, plus mystérieusement, avant de pouvoir l'entendre. Quand Rajesh partit de chez moi, nous étions du même avis : nous étions plutôt faits pour être amis. Il savait que l'humiliation viennoise m'affectait moins qu'avant. Je savais qu'il se remettait de la fin de son mariage et du confinement qui lui étaient tombés dessus en même temps. C'était un musicien très doué et collaboratif. Il avait besoin de travailler. On eut effectivement l'impression que la fin des temps était arrivée quand il appela pour annoncer que son chaton était malade. D'après le vétérinaire, elle allait bien. Il y eut une semaine où elle passa ses journées à miauler et Rajesh ne supporta plus d'être dans la même pièce qu'elle. Puis elle arrêta et se mit même à ronronner périodiquement, mais il continuait d'entendre les sons qu'il avait tenté de bloquer. Ce qui ne l'empêcha d'être réconforté par le grondement bas du bonheur occasionnel de Lucy.

Je n'avais pas de travail non plus et vivais sur mes économies et les droits d'auteurs générés par mes disques. Il y avait des semaines où je jouais des fragments de ce que j'avais composé toute la nuit, aux heures où je me sentais le plus en communion avec la femme qui avait acheté les chevaux. Je me projetais en elle et elle se transformait en musique. L'air était électrique entre nous tandis que nous nous transmettions nos sentiments à travers trois pays. Quand elle émergea des ombres de mon imagination sous forme de blanches et de croches, cela me rappela presque le sentiment amoureux. C'était une transmission sublime et parfois choquante, mais pas aussi choquante que le message d'Andrew en Sardaigne. Il m'annonça qu'on avait diagnostiqué une tumeur au poumon à Arthur. On lui donnait entre trois semaines et deux mois à vivre.

Elsa, dit-il, la voix tendue et dure, j'imagine que pour un oiseau des îles tel que vous, passer du baume sur les escarres d'Arthur sera un genre de déchéance, non ?

24

SARDAIGNE, ITALIE

Je m'envolai pour Caligari sur une compagnie néerlandaise. Mon père est très malade, annonçai-je au personnel de bord, il est même à l'article de la mort, pour tout vous dire. C'était la première fois que j'employais le mot *père* pour parler d'Arthur et c'était sincère. Ils furent gentils. Divers membres de l'équipage se présentèrent à ma place pour me demander si ça allait. Impossible de répondre à cette question par oui ou non. Le repas fut servi, accompagné de sel et de poivre dans une minuscule paire de sabots en plastique orange.

J'étais assise au fond de l'avion. Le personnel de bord s'arrangea pour que je descende la première. J'avais très peur qu'Arthur ne meure avant mon arrivée.

*

Andrew s'était organisé pour que le vendeur de journaux de la ville où Arthur et lui vivaient vienne me chercher à l'aéroport. Ils étaient convenus que la course coûterait soixante euros. À vingt-deux heures, l'air était encore chargé d'humidité et il n'y avait pas un souffle de vent. Je transpirais à grosses gouttes avant même d'être montée dans la vieille voiture. Quand Rajesh appela, je lui demandai d'arroser mes plants de tomatilles. Il me souhaita bon courage. Je ne sus quoi répondre.

En fait, c'était le courage, mon problème.

Pas son absence.

Parce que le courage faisait taire tout le reste.

Andrew m'attendait. Un lampadaire projetait une lumière spectrale sur deux modestes demeures construites côte à côte. Il avait autour de soixante ans et s'était fait pousser la barbe depuis notre dernier entretien sur FaceTime. Elle commençait à grisonner, ce qui le rendait plus aimable qu'il n'était en réalité. Il venait d'arroser les bougainvillées qui poussaient entre chez lui et la maison d'Arthur. Ni amical ni hostile, il semblait régner sur ce domaine mitoyen. Une télévision beuglait dans le bar désert de l'autre côté de la rue.

“Buona sera.”

Une vieille dame promenant son caniche s'arrêta pour saluer Andrew. Le chien avait un pelage frisé noir et la dame des cheveux frisés blancs. Andrew lui répondit en italien tout en enroulant le tuyau autour d'un crochet fixé au mur. Je lui demandai de me conduire à Arthur.

Eh bien, Elsa, vous êtes pressée de rendre visite au vieillard cacochyme, maintenant ?

La femme m'examina, debout avec ma valise, transpirant sous le lampadaire.

Alors comme ça, elle est arrivée, dit-elle à Andrew.

Il portait des sandales en cuir et un jean. Il était plutôt énergique et jeune d'allure.

Quand on sera à l'intérieur, dit-il, vu le voyage que vous venez de faire, vous devrez vous laver les mains et porter un masque. Le Maestro est faible, on ne doit pas le fatiguer. Cette façon qu'il avait de dire “Maestro”. Le maître. Comme si Arthur lui appartenait. Andrew me montra un évier en marbre sous le porche devant la maison d'Arthur. Je me lavai les mains avec ce qui restait d'un vieux pain de savon.

Arthur était au lit. Il était émacié et minuscule, mais son regard pétillait. Le salon avait été transformé en chambre. Au plafond, un vieux ventilateur revêche faisait tourner ses pales au-dessus de la tête d'Arthur.

Elsa, où es-tu ?

Je suis en Sardaigne.

Mais où es-tu ?

Je suis ici avec toi.

Tu vois toujours la vie en bleu, a-t-il dit.

J'étais masquée. Pas lui car cela gênait sa respiration. Je lui pris la main. Andrew non plus ne portait pas de masque. Il mit Arthur en position assise, forçant nos doigts à se détacher pendant qu'il approchait un verre d'eau des lèvres gercées d'Arthur. Il y avait de l'hostilité dans la manière dont il nous avait séparés.

Merci, mon ange, murmura Arthur.

Je ne savais pas trop à qui il parlait.

*

J'eus un coup au cœur en voyant à côté du lit la grande lampe victorienne venue d'Angleterre. Elle avait un abat-jour à franges rose et poussiéreux. J'avais grandi avec cette lampe dans la maison de Richmond. Il y avait aussi le kilim avec un scorpion représenté en son centre. Un autre meuble de mon enfance était placé dessus, le fauteuil en velours marron avec son repose-pieds assorti. Le plus bouleversant était son Steinway poussé dans un coin de la chambre. Arthur avait enseigné sur ce piano. Comment s'était-il débrouillé pour le faire venir ici ? Je connaissais intimement chaque centimètre de ce persécuteur. Quand j'avais huit ans, Arthur passait trois heures chaque jour à m'apprendre à placer mes pouces dans les gammes rapides. Il appelait cette leçon “Le Passage des Pouces Énervés et Recourbés”.

Une fine couche de poussière s'était déposée sur le couvercle fermé. Je ne l'avais jamais vu fermé. Il y avait toujours quelqu'un pour jouer dessus, l'accorder, le maudire ou le cirer. Je savais que les touches étaient en ivoire, ce qui est depuis longtemps interdit. C'était un vieux piano. Les touches étaient plus jaunes que blanches. L'ivoire ne peut pas brûler. Arthur m'avait raconté qu'il avait enseigné à des compositeurs qui jouaient d'une main et fumaient de l'autre. Si la cendre était tombée sur les touches en plastique d'aujourd'hui, elles auraient fondu. Cet instrument était une créature impressionnante. Des morceaux d'éléphants avaient servi à sa fabrication. Dans cette pièce sombre, dans cette maison modeste, un des pianos les plus célèbres au monde avait été repoussé contre le mur épais. Célèbre parce que les élèves d'Arthur étaient célèbres. Des cadavres de mouches s'entassaient sur son couvercle en érable.

Elsa aura besoin d'aide pour ouvrir la fenêtre de sa chambre, dit Arthur à Andrew.

Alors comme ça on a deux mains gauches, répondit Andrew.

Je ne savais pas trop ce qu'il entendait par là.

Reste un peu avec moi, murmura Arthur de sa nouvelle petite voix. Ne t'envole pas. Nous sommes là.

Nous sommes là, répétai-je.

Et où es-tu, Elsa ?

Il était sans doute la personne au monde qui me comprenait le mieux. Et le moins bien. Quand j'étais petite, il cherchait avant tout à transformer ma distraction en concentration. Cette question revenait de loin.

À présent, elle était pour moi comme un refrain, la répétition d'une phrase musicale.

Je suis ici avec toi, répondis-je.

Le masque assourdissait mes mots.

À cet instant, je compris que j'allais le perdre. Que je porte un masque ou pas n'avait aucune importance.

Andrew m'accompagna jusqu'à ma chambre. Il me dit qu'Arthur ne pouvait plus marcher et aurait besoin d'aide la nuit pour aller aux toilettes. La pièce était sombre, avec une petite fenêtre et un lit une place doté d'un couvre-lit en dentelle blanche.

Andrew, qui semblait pressé de sortir, me souhaita bonne nuit. À côté du lit se trouvait une petite table en marronnier aux pieds courbés. Quelque chose était posé dessus. Je savais déjà ce qu'il avait mis là. Les documents, les papiers d'adoption. Ça me fit quand même un choc. Je me sentis presque agressée. Je n'avais rien demandé, après tout. Je saisis le dossier gris et le glissai sous le matelas de mon lit chaste une place. J'aurais préféré connaître les lignes de bus de la ville plutôt que le contenu de ces papiers. Une rage aussi ancienne qu'un éléphant mort pour devenir un piano prit possession de mon corps.

C'est là de toute façon.
Quoi donc ?
Ça ne vient pas juste de prendre possession de ton corps.
Quoi donc ?

J'avais faim et j'avais soif, mais n'osais pas quitter ma chambre. J'entendais Andrew dans la cuisine. Pourquoi est-ce qu'il ne rentrait pas chez lui ? Il avait l'air de frire des oignons. Il ne m'avait même pas proposé un verre d'eau, m'avait juste dit de me laver les mains. Les mouches tournoyaient autour de l'ampoule pendue au plafond. J'entendais la télévision à plein volume dans le bar et les chats sauvages qui se battaient dans la rue. Je retirai mes chaussures et m'allongeai sur le lit.

Quand je me réveillai trois heures plus tard, Andrew m'appelait.

Paniquée, je me précipitai dans le salon. Il voulait me montrer comment faire pour emmener Arthur aux toilettes. Maestro devait tendre les bras devant lui comme un zombie tandis que nous passions les nôtres sous ses aisselles avant de le soulever. Pour la première fois, je compris qu'appeler Arthur Maestro était le moyen qu'il avait trouvé pour donner du prestige à un homme mourant. Arthur appréciait-il ? Il était si petit et maigre que nous aurions pu le porter jusqu'aux toilettes. Mais Andrew semblait vouloir lui donner la dignité de marcher jusque-là lui-même. Il faisait toujours une chaleur accablante. À deux heures du matin, nous transpirions tous à grosses gouttes. Je ne fermai plus l'œil de la nuit. En me rendant à pas de loup à la cuisine pour prendre de l'eau, je vis qu'Arthur était allongé dans les bras d'Andrew. Ils étaient couchés ensemble, les pales grinçantes du ventilateur tournant au-dessus d'eux. L'autre bruit était la respiration d'Arthur.

Har har har har har

Bien que presque inaudible, elle remplissait la pièce.

25

Toujours là ?

Oui.

Elsa, tu es un miracle.

Arthur tendit la main dans la lumière brillante du matin.

Andrew était là aussi, furieux derrière sa barbe.

Le moment est-il venu d'aller pisser, Maestro ?

Non. S'il te plaît. Mon œuf.

Andrew apporta un plateau avec le petit déjeuner d'Arthur.

Œuf, pain grillé, thé. Il tapota l'œuf et se mit à nourrir Arthur, qui disait que ses yeux lui faisaient mal parce qu'il avait des cils incarnés.

Je te considère comme la famille, dit-il.

Du jaune d'œuf lui coulait sur le menton.

En même temps, tu es quasiment mon père, songeai-je. Pourquoi ne serait-on pas une famille ? Puis je m'aperçus qu'il parlait aussi de son voisin.

J'apportai le plateau à la cuisine et lavai la vaisselle. Andrew expliqua que si je voulais petit-déjeuner, il y avait une supérette en ville où je pourrais acheter du pain, du café et de l'eau.

Si je voulais quelque chose, il me faudrait me débrouiller seule.

Arthur, dis-je en revenant dans le salon, je vais faire des courses. Tu veux quelque chose ?

J'aimerais un feuilleté à la saucisse.

Les feuilletés à la saucisse que connaît le Maestro n'existent pas en Sardaigne, l'interrompit Andrew.

Je vais essayer de trouver le genre de feuilleté à la saucisse que connaît M. Goldstein, répondis-je.

Arthur entrouvrit les lèvres et émit un sifflement bizarre. Je finis par comprendre qu'il riait.

Les cloches sonnaient quelque part en ville.

Je jetai un coup d'œil à la rangée de photos encadrées sur les étagères de la bibliothèque. Elles montraient toutes un Arthur et un Andrew plus jeunes. Tous les deux bronzés, souriants, chargés de fleurs ou de légumes du marché, ou assis dans un restaurant, le bras d'Andrew passé autour des épaules d'Arthur. La dernière était prise dans un train. Arthur portait un costume en lin blanc et une cravate rouge. Il semblait pris dans une conversation animée avec Andrew qui, maigre et souriant, brandissait un bocal d'olives vertes en direction de l'appareil. Sur ces clichés, Andrew devait avoir autour de quarante ans et Arthur soixante. Je finis par comprendre qu'ils étaient amants depuis longtemps. Aimer un abruti était davantage possible dans le Sud.

Ils avaient l'air heureux et en paix l'un avec l'autre.

Je marchai dans la ville déserte et trouvai un café sur la place, face à l'église. En dehors des serveurs, les rares habitants des lieux semblaient vieux. Les enfants étaient peut-être tous à l'école car deux petits vélos étaient appuyés contre le mur d'une maison. Tandis que je sirotais mon café, je me sentis d'un coup jeune, tragique, peut-être même diabolique. Je voulais qu'Andrew meure à la place d'Arthur. Je regrettais de ne pas avoir séduit Tomas à Paris. Et si je me déshabillais entièrement et courais nue dans les rues de la ville pour trouver un feuilleté à la saucisse ? Je chantonnai des fragments de la musique que j'avais écrite à Londres. J'y ajoutai le bruit de la respiration d'Arthur entendue dans la nuit.

Har har har har har

Mon public se composait de deux chats sauvages assis à mes pieds. Visiblement, ils avaient passé leur vie à se battre dans les rues de cette ville. Je baissai la tête vers eux et tout doucement, alors que leurs yeux dorés étaient rivés sur moi, je me mis à chanter pour eux dans la lumière du soleil aux premières heures du jour.

Elsa où es-tu ?

Je suis ici avec toi.

Har har har har har.

L'un d'eux n'avait plus d'oreilles. Il restait un moignon au gros matou. Je pris une photo pour l'envoyer à Aimée avec le message :

Mes élèves en Sardaigne. Une oreille à eux deux.

Les feuilletés à la saucisse que connaissait Arthur n'existaient pas à la boulangerie locale. Je trouvai la *gelateria* à la place et y entrai pour acheter de la glace. Alors qu'étourdie, je contemplais la vitrine réfrigérée, Rajesh appela pour savoir comment ça se passait.

Je lui lus les parfums, à lui qui était à Green Lanes, Londres : *pistacchio, cioccolato, stracciatella, mandorla.*

Nous étions d'accord, il n'existait que deux parfums aux yeux d'Arthur : vanille et chocolat. Je crois qu'Andrew a envie de me tuer, murmurai-je à mon plus vieil ami. Il refuse que je passe du temps seule avec Arthur.

Je ne mentionnai pas mes propres idées meurtrières.

Je lui annonçai que notre professeur était en fin de vie.

Mais toi, comment vas-tu, Elsa ?

Je vais comme ça, répondis-je, et me mis à chanter dans le téléphone :

Elsa, où es-tu ?
Je suis ici avec toi.
Har har har har har.

Je crois que tu devrais ajouter la fraise, *fragola*, à ta sélection, répondit finalement Rajesh.

Il chanta :

Mandorla, fragola, stracciatella.

Alors que je regagnais la maison sombre et poussiéreuse, la femme au caniche passa devant moi et agita joyeusement la main dans ma direction. En voyant mes larmes, elle se signa. La glace me fondait déjà dans les mains.

Elsa, tu es là.

Oui.

Arthur voulut aussitôt goûter la glace au chocolat.

Andrew lui en donna une cuillère.

Non, mon ange, dit-il à Andrew. Laisse la cuillère plus longtemps dans ma bouche pour que je puisse en profiter.

C'est à ça que ressemble une fin de vie. Un peu de glace sur une cuillère à café comptait plus que tout. Il divaguait. Il disait tout ce qui lui passait par la tête sans se censurer.

J'ai fait de toi ce que tu es.

Et j'ai fait de toi ce que tu es, répondis-je.

Andrew rit et lui donna une cuillerée de glace.

Arthur leva les mains comme s'il était chargé de la circulation.

Le geste qu'il adressa à Andrew disait *Arrête-toi.*

J'espère qu'il va bientôt pleuvoir et qu'on pourra dormir.

Il tourna la tête vers moi.

La petite Elsa a bien des visages. Je les ai tous étudiés.

Je suis sûr que le Seigneur fera pleuvoir uniquement pour Elsa, lança Andrew sur le ton d'un prêtre maussade. Arthur mit un doigt devant ses lèvres.

Chut, murmura-t-il, le concert va commencer.

Si j'avais porté une paire de chaussons grecs, j'aurais attrapé le couteau caché dans le pompon et l'aurait plongé dans la cuisse pleine de croûtes d'Andrew.

Cette nuit-là, il fallut emmener cinq fois Arthur aux toilettes. À trois heures du matin, la lumière sauta. Un problème avec le générateur. Andrew m'expliqua qu'il existait une ampoule que je pouvais acheter et charger sur mon ordinateur pendant dix heures. Après quoi, il suffisait de la visser dans une douille pour qu'elle nous éclaire pendant les coupures. Pourquoi n'en avait-il pas acheté une, dans ce cas ?

Nous avons besoin d'une infirmière de nuit, suggérai-je nerveusement.

Andrew dit que si je transmettais mes coordonnées bancaires à l'agence en charge, ça pouvait s'organiser. Il était fatigué et affirma que nous avions aussi besoin d'une infirmière de jour. Avec son aide, je réservai les services de deux infirmières pour la semaine suivante. En attendant, je coupai des quartiers d'orange que j'apportai à Arthur, qui avait plus ou moins cessé de manger. Des melons poussaient dans son jardin sablonneux. La plupart des raisins avaient flétri sur leurs rameaux. Arthur me dit que les melons étaient trop éclatants. J'en ai fini avec tout ça, dit-il. Qu'entendait-il par là ? Il y a trop de vie dans un melon, murmura-t-il, comme si ça expliquait tout. Je m'assis sur une chaise à côté de lui, appliquant une poche de glace faite avec un torchon sur son front. Il n'était pas d'humeur à parler. Je me mis à fumer comme un pompier dans la véranda tandis que mon professeur se mourait d'une tumeur au poumon. Le briquet doré que j'avais trouvé à Poros et sur lequel était gravé le mot *champion* m'avait accompagnée de la baie de l'Amour jusqu'en Sardaigne. Amour et Mort entremêlés.

26

Je fis la connaissance de ma mère dans un rêve.

Elle jouait du piano et je m'allongeais sous l'instrument. Je regardais ses pieds sur les pédales, sentais les vibrations du bois entre mes côtes. Je t'embrasserai douze fois derrière l'oreille avant de partir, dit-elle. Soudain, nous étions dans une voiture et un bébé était assis à côté de moi. Il me lécha les doigts de sa langue rose et chaude. Je demandai à ma mère, Est-ce que tu as un biberon ? Elle n'en avait pas. La mère était vide, ou vidée. Creuse, mais présente.

Je m'aperçus que j'ignorais à quoi ressemblait ma mère. Je pouvais dire la même chose de mon double. Je l'avais regardée, lui avait couru après, mais je n'avais pas d'image nette de son visage.

*

Arthur me prit la main.

Elsa, il y a de la musique dans ta main. Elle coule dans la mienne.

Il ne me lâcha pas.

J'ai apporté les papiers pour toi.

Je lui répondis que si je lisais les papiers d'adoption, la musique serait déjà écrite et il ne me resterait plus rien.

Tu voudrais écrire sur quoi ? Rachmaninov est Rachmaninov.

Il m'encouragea à boire un verre de Coca. Nous régressions vers l'époque où nous vivions ensemble, l'année de mes dix ans.

Arthur, tu m'entends ?

Oui.

Est-ce que ma mère a été ton élève ? Par le passé ?

Il contempla le mur.

Elle t'a parlé de moi quand j'avais six ans ?

Je t'ai laissé la maison de Richmond et Andrew aura la maison italienne.

De la salive coula sur son menton. Les mouches lui tournaient autour.

Lis les papiers, Elsa.

Ça sera la même vieille histoire, dis-je.

Pourquoi tu ne la laisses pas tranquille ? répondit-il. Laisse-la trouver la lune.

J'avais l'impression d'appuyer sur un bleu. Être si désespérément enchaînée à cette vieille histoire. Rédigée par des fonctionnaires obligés de l'inscrire dans les documents officiels. Être forcée de lire les mots qu'ils avaient utilisés pour chaque enfant abandonné.

Mandorla, fragola, stracciatella.
Voilà des mots plus intéressants.

Peut-être qu'ils ne le sont pas ?
Peut-être qu'ils ne sont pas quoi ?

Plus intéressants.

Sa voix à l'intérieur de moi. Comme une poignée de petits cailloux jetés contre une vitre.

Je racontai ma conversation avec Arthur à Andrew pendant qu'il épluchait des pommes de terre dans la véranda. Il versa l'eau d'une carafe dans deux verres et m'en tendit un. Il vida le sien d'une traite. Cela sembla raviver son hostilité.

C'est très cruel de ne pas avoir lu les papiers, dit-il.

Arthur a dû porter le fardeau de ce qu'ils renferment pendant des décennies. Que tu préfères l'ignorance lui a coûté cher.

Je me penchai pour attacher ma sandale et ne pas avoir à le regarder dans les yeux. La couture autour de la boucle avait sauté. Cette dernière allait tomber. En triturant la boucle, je repensai à la statue en bronze de Montaigne dans la rue des Écoles à Paris, mon geste pour toucher sa chaussure reluisante en route vers mon cours avec Aimée.

J'avais levé les yeux vers Montaigne. Une phrase de ses écrits me vint à l'esprit pendant que le couteau d'Andrew tournait autour de la pomme de terre : "L'ignorance est le plus doux oreiller sur lequel un homme peut reposer sa tête." Je n'avais rien de plus confortable que l'ignorance sur quoi reposer ma tête. À quoi bon la reposer sur quelque chose d'aussi dur et insupportable que ces papiers ? Je les avais retirés de sous le matelas pour les coincer sous une couverture poussiéreuse dans le placard. Avais déplacé cette histoire hors de ma vue. Dans la pénombre de la véranda, Andrew n'avait pas fini de parler. À un moment donné, il cueillit un raisin sur la vigne qui poussait au-dessus de lui, lança le grain en l'air et l'attrapa dans sa bouche ouverte. Apparemment, c'était le signal pour qu'il se lance dans un discours qu'il avait longtemps répété.

Arthur s'occupe de toi depuis ton enfance et maintenant, il a quatre-vingts ans. Mais toi, jamais tu ne t'es demandé comment il prendrait soin de lui quand il serait vieux.

Il leva le bras droit et examina les plaques de peau sèche qui pelaient sur son coude. C'est du psoriasis, dit-il, ce n'est pas contagieux, juste un dysfonctionnement du système immunitaire. Ça ne le dérangeait pas. Ça ne dérangeait pas non plus Arthur. Ils avaient passé des années enlacés sous le soleil bienfaiteur du Sud. Puisqu'une infirmière allait arriver dans une heure, il m'emmènerait à la plage. Lui aussi avait besoin d'une pause, est-ce que j'y avais pensé ?

Il prit un autre raisin sur la vigne, qu'il écrasa cette fois entre ses doigts.

J'avais transmis mes coordonnées bancaires à l'agence. Apparemment, Andrew n'avait pas d'argent et répugnait à en demander à Arthur. Ils ne s'étaient jamais mariés, soupira-t-il, mais dans un sens, il était un peu mon beau-père. Après tout – il leva la tête pour observer la vigne agonisante –, Arthur ne parle de personne d'autre que de toi et s'inquiète surtout pour toi. Et pourtant, me dit-il tout en s'essuyant les lèvres avec un mouchoir en loques, tu ne lui as jamais demandé comment il se débrouillait pour faire ses courses de tous les jours.

Je triturais toujours la boucle de ma chaussure.

J'ai du mal à considérer Arthur comme un père.

Je parlais tout bas parce que j'entendais la respiration d'Arthur dans le salon.

J'étais une enfant prodige, mais je n'étais pas son enfant.

Vu les circonstances, répondit Andrew, je crois qu'il serait juste que j'hérite de la maison de Richmond.

Non. C'est ma maison. Je suis son enfant.

Il faudrait savoir. Il agita le couteau près de mes lèvres comme s'il voulait me couper la langue.

Je retournai voir Arthur, qui dormait allongé sur le dos. Je m'assis au bord du lit et contemplai les épais poils blancs dans ses oreilles. Au bout d'un moment, je lui chantai :

Mandorla, fragola, stracciatella.

Sa poitrine se souleva. Ses lèvres s'entrouvrirent.

Mandorla, fragola, stracciatella.

Il chanta à son tour. Je l'entendis.

Quand il leva la main gauche, les bouts de nos doigts se touchèrent.

Andrew me dit de prendre mon maillot de bain. Il allait faire le plein. Il parla d'essence un bon moment. À croire qu'il s'agissait d'une opération majeure. Je finis par me dire que c'était une façon indirecte de me demander de payer. Je ne savais pas comment il gagnait sa vie. L'argent que j'avais, c'était moi qui l'avais gagné.

L'infirmière arriva et se renseigna sur le traitement d'Arthur. Il avait un comprimé à prendre tous les jours après le déjeuner. C'était un antalgique et il devait absolument manger quelque chose avant de l'avaler. Elle était calme et gentille. Elle avait un petit garçon de huit mois de sorte qu'elle ne travaillait qu'en journée. La veille, dit-elle, sa mère avait décapité deux poulets. Elle les cuisinerait avec des tomates et des olives pour un anniversaire en famille. Elle pourrait peut-être en apporter une portion pour que notre malade l'avale avec son comprimé.

Ma chère Eileen, siffla Arthur, j'espère que votre mère ne décapitera pas l'enfant.

La femme s'appelait Francesca, mais je me souvenais d'Eileeen. Elle avait été jeune fille au pair et s'était occupée de moi quand j'avais neuf ans. Je lui avais montré comment dessiner une clé de *sol* alors qu'elle était assise sur le fauteuil en velours qui avait été transplanté dans la vie italienne d'Arthur.

Comme moi, cet objet était témoin de la lente fin de vie d'Arthur.

Andrew fit le plein, je payai. Il avait besoin de souffler un peu entre deux soins. Il reprit ce refrain un bon nombre de fois. Cela faisait un bail qu'il n'avait pas fait de pause. Il était sur les rotules. Il n'avait pas dormi une nuit complète depuis des semaines. Je lui proposai de se coucher pour rattraper le sommeil perdu plutôt que d'aller à la plage. J'aiderais Francesca.

Et comment est-ce que tu vas l'aider ?

Elle me dira quoi faire.

Non, pas maintenant qu'on a de l'essence.

C'était comme s'il avait deviné que je préférais la compagnie de cette femme à la sienne.

Quand j'avais ouvert à l'infirmière, il s'était passé quelque chose. Elle avait tendu la main pour toucher mes cheveux bleus. Au même instant, mes doigts avaient touché les ailes de la broche en forme de libellule accrochée au col de son chemisier.

Voilà donc la fille, murmura-t-elle, *bellissima, bellissima*.

Andrew semblait vouloir me tenir à l'écart d'Arthur et de Francesca. Tout en suggérant sournoisement que j'avais négligé mon professeur dans son grand âge. Il paraissait croire que j'avais une dette envers lui et que la maison de Richmond pourrait rembourser un prêt que je n'avais pourtant jamais contracté.

Un feu de forêt avait noirci les arbres sur la route de la plage. L'écorce et les branches calcinées ainsi que l'herbe sèche comme de l'os s'accordaient bien à l'humeur d'une journée passée en compagnie d'Andrew. On s'arrêta déjeuner dans un petit café près d'un réservoir entre la route et la plage. Un homme était assis sous un parasol, occupé à gratter les écailles d'un petit poisson argenté. Nous avons mangé des spaghettis *alle vongole* en silence. Les palourdes avaient un goût à la fois sucré et salé. Je léchai les coquillages, soudain gagnée par une faim de loup. Quand je trempai le pain mou et fumé dans le vin rouge frais, Andrew me dit que je mangeais trop vite.

Après quoi, nous ne nous sommes plus adressé la parole.

Peut-être que je le suis.
Peut-être que tu es quoi ?
Avide.

Andrew décida de briser le silence et papota au sujet des gens de la ville. La femme à la caisse du supermarché couchait avec le mari de quelqu'un. Le boulanger avait la langue bien pendue, mieux valait éviter d'échanger des potins avec lui. Le prêtre vivait dans la maison jaune à côté de l'église, celle qui s'affaissait. Le pharmacien, le prêtre et le maire étaient des personnages importants. Tu manges comme une folle, dit-il à nouveau, ralentis, c'est le Sud, ici.

*

Peut-être que je le suis.
Peut-être que tu es quoi ?
Folle.

Alors comme ça, tu as vécu à Paris ?

La question était rhétorique.

Il se trouve qu'il y a six ans à peu près, dit-il, début avril, j'étais à Chablis pour aider un ami qui possède des vignes là-bas.

Il me raconta que quand il avait gelé à Chablis, ils avaient fait brûler des barils de paraffine pendant la nuit pour maintenir les vignes au chaud. La température avait chuté et une grosse partie du vignoble avait souffert. Apparemment, les Romains faisaient ça aussi. C'était une très vieille astuce de réchauffer les rameaux tremblants de froid. Est-ce que je savais que les Romains couvraient leurs chaussures de liège en hiver ? Après l'eau et le lait, ajouta-t-il, les Romains buvaient surtout du vin, mais toujours coupé à l'eau. En boire sans était considéré comme barbare. Je l'interrompis.

D'où viens-tu en Grande-Bretagne ?

Durham, à l'origine.

Je lui demandai s'il travaillait et ce qui l'avait amené en Sardaigne. Il refusa de s'étendre sur le sujet. Je respectai son choix et ne l'asticotai pas ni ne le poussai dans ses retranchements. Nous finîmes le repas par deux expressos servis sur des petites soucoupes en porcelaine blanche. Sur chacune se trouvait un sachet de sucre venant de Montichiari. Andrew m'adressa son expression moqueuse habituelle.

Tu t'intéresses à Montichiari, à ce que je vois, mais tu ne veux rien savoir d'Ipswich.

Et tu n'as pas l'air de vouloir savoir quoi que ce soit sur Durham, répondis-je.

Quand on nous apporta la note, il attendit que je paye. Je sortis des euros de mon sac et réglai ma part. C'était la première fois que je résistais à Andrew. Je me demandais ce qu'Arthur voyait en lui. Je ne comprenais pas pourquoi sa vie était à ce point enchevêtrée dans celle de cette personne. Cet homme semblait perdu. Abîmé. Comment avait-il atterri dans cette ville accablée de chaleur et était-il devenu l'amant de mon flamboyant professeur qui parlait sept langues et lisait la Bible en hébreu ? Arthur n'avait pas de temps à consacrer à ce qu'il appelait la médiocrité. Si vous étiez de médiocres balourds, disait-il à ses élèves, je ne serais pas votre professeur. Il semblait pourtant que dans le Sud, il pouvait aimer quelqu'un qui l'appelait Maestro.

La plage consistait en une longue étendue de dunes de sable. Des fleurs blanches poussaient entre les pierres et le verre brisé. Les petites mouches pullulaient ; dans le sable, entre mes orteils et mes doigts, sur mes lèvres. La surveillante de baignade passait la majeure partie de son temps au téléphone, observant parfois les vagues dans lesquelles plongeaient les gens. Elle expliqua qu'elle partageait un appartement avec certains employés de l'hôtel du coin embauchés pour l'été. Six dans une pièce. Elle désigna un homme en tunique blanche qui marchait le long du rivage et vendait des draps de bain en coton. Neuf chapeaux de paille empilés sur son crâne, formant une tour, et eux aussi, il les vendait. Quand quelqu'un était intéressé, il traçait le prix dans le sable avec son doigt.

Il était agriculteur en Somalie, dit la surveillante. Il sait faire pousser des oliviers, des légumes et des framboisiers. Il a traversé les déserts du Soudan et de Libye pour venir en Italie. Elle leva un bras et le salua. Il lui rendit son salut, élégant et grand dans sa tunique blanche, la mer verte déchaînée derrière lui.

Je plongeai dans les grosses vagues et restai dans l'eau pendant une heure pour ne pas être avec Andrew. À un moment, les bretelles de mon haut de bikini se dénouèrent. Et le soutien-gorge se détacha. Je dus regagner le rivage en le tenant à la main. Je tentai de le remettre quand l'eau m'arriva aux genoux et montrai mes seins à tous ceux qui se trouvaient sur la plage. Debout sous le soleil terrible, mon corps à moitié nu me rappela brièvement ma mère. Quelque chose que j'avais vu quand j'avais six ans, ou bien que j'avais invoqué pour me rassurer ou me tourmenter.

Je m'efforçai de retrouver cette image tout en me débattant avec mes bretelles, mais l'apparition se volatilisa dans la lumière et l'écume tourbillonnante. Pour une raison inconnue, en Sardaigne, chaque fois que je pensais à ma mère, elle me venait dans les doigts. J'aurais pu tracer les notes dans le sable à l'instar du Somalien écrivant le prix de ses marchandises. Et quand les vagues déferlaient, les chiffres disparaissaient sans laisser de trace. Comme elle.

Sur le chemin du retour, je demandai à Andrew comment il allait maintenir Arthur au frais. Tu te débrouilles très bien avec la glace, répondit-il, mais il a besoin d'un climatiseur moderne. À force d'avoir voulu l'éviter en restant dans l'eau, j'avais attrapé des coups de soleil. Soudain, il me demanda si je pensais à ma mère.

Non, dis-je, je ne pense jamais à elle.

Nous roulâmes en silence à travers la forêt calcinée.

27

Joue-moi quelque chose, murmura Arthur, joue-moi le Rach.

Il désigna son Steinway poussiéreux dans le coin.

Je secouai la tête.

Il veut voir son reflet dans la rivière une dernière fois, entendis-je mon double me murmurer à l'oreille. Tu es sa légende, Elsa M. Anderson.

Peut-être que je le suis.
Peut-être que tu es quoi ?
Brutale.

Andrew me montra comment peler les figues de barbarie. Leurs épines fines et transparentes étaient pires que celles des oursins. Le fruit était orange, plein de pépins et juteux. Quelques mois plus tôt, il avait ramassé des asperges sauvages et les avait congelées. Il ne partageait pas les goûts culinaires limités d'Arthur et se préparait différentes viandes accompagnées de fenouil sauvage. Nous prenions désormais le petit déjeuner ensemble, uniquement pour pouvoir discuter des soins du jour d'Arthur, et je me chargeais de toutes les courses. Chaque jour il faisait bouillir des pommes de terre pour Arthur, qu'il réduisait ensuite en purée.

Au bout d'un moment, je cessai de me passer de la crème solaire. Je me mis à dormir dans le hamac accroché sous les vignes flétries et bronzai aussitôt. Le bleu disparaissait de mes cheveux. Je devins amie avec la femme qui dirigeait l'école de broderie. Elle s'appelait Marielle. Quand elle passait une aiguille dans le tissu, elle était une ingénieure gagnée par l'inspiration.

L'infirmière de jour, Francesca, voulait savoir combien de temps j'allais rester.

Andrew me traduisit la question même s'il savait que j'avais compris, son ton brusque me punissant toujours pour je ne savais trop quelle raison.

J'imagine que la réponse était : jusqu'à ce que mon professeur rende son dernier souffle. Je ne pouvais pas prononcer ces mots tout haut, alors je l'interrogeai sur son fils. L'accouchement a été un enfer, répondit-elle. Elle avait le périnée déchiré et son corps était encore contusionné, ils avaient cru qu'elle mourrait, tellement de points de suture, tellement de sang, et voilà que ses seins étaient gonflés de lait. Alors même qu'elle donnait du lait infantile à son fils, le sien continuait de monter. Elle montra son chemisier mouillé, mais je regardai les quatre ailes en pierres précieuses sur la broche en forme de libellule ornant son col.

28

Elsa, dit Arthur, où es-tu ?

À Ipswich, répondis-je.

Il ferma les yeux.

Je suis à Ipswich le jour où tu es venu m'écouter jouer sur le Bösendorfer.

Oui, murmura-t-il.

Tu as dit que si tu devenais mon professeur, tu m'emmènerais très loin de la vie que je connaissais.

Je t'ai dit la vérité.

Pourquoi m'a-t-on emmenée loin d'elle ?

Où es-tu, Elsa ?

Tu veux dire géographiquement ?

Il désigna sa tête puis son cœur.

Oh, la tête.

Donc tu n'as pas lu les papiers ?

Il semblait sous-entendre que j'aurais le cœur brisé si je les lisais. Ses lèvres remuaient. Je m'approchai plus près pour l'entendre.

M'approchai encore.

Si tu n'es pas toi, alors qui es-tu ?

Cette nuit-là, je m'installai seule au bar tandis que la télévision beuglait. Après deux bières, je fondis en larmes. Ce fut un choc de pleurer autant pendant une pub pour de l'adoucissant. Le propriétaire du bar continua de regarder la télévision. Il n'avait pas l'air dérangé par le fait que son unique cliente sanglote. Apparemment, il y avait des gardénias dans l'adoucissant. Des fleurs blanches flottaient sur l'écran et atterrissaient sur la paume ouverte d'une femme qui se caressait le visage avec une serviette.

Si tu n'es pas toi, alors qui es-tu ?
Si elle n'était pas là, alors où était-elle ?

La femme qui avait acheté les chevaux était loin, ailleurs. Puis elle apparut. Sa voix douce et claire, comme l'eau qui ruisselle sur le lit d'une rivière peu profonde.

Peut-être que tu sais.
Peut-être que je sais quoi ?
Qu'elle était là.

Andrew voulut retourner à la plage le lendemain matin. Il fallait absolument que je l'accompagne, d'après lui. Il passa presque tout son temps à discuter avec le monsieur somalien qui écrivait le prix de ses marchandises dans le sable avec son doigt. Il était trop tôt pour que souffle le mistral, et pourtant, il était là.

Tu es une sorcière, me dit Andrew. Tu fais des vagues qui nous engloutiront tous.

Je courus vers la mer agitée. Je voulus plonger dans les vagues. Le courant m'entraîna vers le large et je n'eus pas le temps de reprendre mon souffle qu'une autre vague me tombait dessus. Deux surfeurs qui marchaient sur la plage avec leur planche sous le bras avaient décidé de ne pas se lancer. Pour revenir vers le bord, j'aurais besoin de toutes mes forces.

Peut-être que tu ne veux pas.
Peut-être que je ne veux pas quoi ?
Regagner le rivage où se trouvent la mort et les papiers.

Elle était de nouveau là, avec moi, tandis que je crachais mes poumons, le souffle court.

Andrew m'appela. Il avait acheté deux draps de bain à l'agriculteur somalien. Il les brandissait au-dessus de sa tête, les agitait dans ma direction. Je l'entendis crier et sa voix se perdit dans le vent. Quand j'émergeai de nouveau des flots déchaînés, il me montra comment me couvrir avec le tissu pour que le sable ne fouette plus ma peau ni mes yeux. Il s'enveloppa dans le sien. Nous avions l'air de nomades en traversant les dunes. Séparés mais ensemble. Marchant sourdement vers la mort.

Dans la voiture, Andrew se montra d'humeur plus amicale.

Je suis content que tu sois là.

Qu'est-ce que tu vas faire de la maison d'Arthur ? demandai-je.

La vendre. J'ai besoin d'argent en prévision de mes vieux jours.

Alors que nous roulions à travers la forêt calcinée, Andrew raconta qu'il avait été accro au jeu. Il avait tout perdu. Mais c'était son instinct de joueur qui lui avait fait prendre le risque d'aimer Arthur. À sa plus grande surprise, Arthur avait aussi pris ce risque en retour. L'amour était l'adrénaline, l'addiction – pareil à une machine à sous, on insère une pièce et un poète de la musique du XXe siècle est le jackpot. Pour autant, Arthur refusait qu'ils aient un compte en banque commun. Catégoriquement. Après tout, il devait subvenir aux besoins de son enfant. Andrew me jeta un coup d'œil énervé. Son argent, dit-il, est ton argent. Il a pris très au sérieux les responsabilités qu'il avait envers toi. Mais tu n'as pas pris au sérieux celle que tu as envers lui.

C'était vrai.

Tu ne liras pas les papiers ?

Je secouai la tête.

Alors pour éviter qu'Arthur ne gaspille sa salive, il faut que je te dise.

Non, ne fais pas ça.

Elsa, tu épuises Arthur.

Il roulait vite, comme s'il avait peur que j'ouvre la portière et m'éjecte de la voiture. Si j'étais restée dans l'eau, je n'aurais jamais eu à lire les papiers. Je tirai le drap de coton sur ma tête.

Tu as plus ou moins dit à Arthur ce qu'il y a à savoir, dit-il.

Elle était bien son élève.

Il avait les mains sur le volant. Le pied sur l'accélérateur.

Ses voisins t'ont prise chez eux. Et puis Arthur est arrivé. Recueillir les âmes perdues, c'est Arthur tout craché. Pas besoin d'être un génie pour capter son attention.

Cette nuit-là, allongée sur mon lit dans la chaleur étouffante, je lus les papiers.

Nom : Petite fille.

Les moustiques. Le bourdonnement du ventilateur à côté de mon lit. Le sable dans mes narines et mes oreilles. Mon corps. Nu. Mince et élancé. Le bijou dans mon nombril. Les algues dans mes cheveux bleus. Je n'avais rien pu faire pour l'enchanter. Elle ne m'avait même pas donné de nom. J'avais été abandonnée par ma mère biologique à ma naissance. Lire son adresse me transperça le cœur. Nous n'avions été séparées que par un champ durant les six premières années de ma vie.

29

Je savais qu'elle était là, mais je ne voulais pas lui faire peur. C'était capital. Je crus la voir un mardi appuyée contre le mur qui délimitait les deux champs. Il y avait un trou dans ce mur qui n'avait pas encore été comblé. Le fermier n'avait ni le temps ni l'argent pour réparer les murs et parfois, il les remplaçait par des barbelés. Je rampai sous le barbelé pour parvenir au mur. Les pans de sa jupe étaient noués autour des hanches, comme si la fermeture avait été cassée. Elle était torse nue. Adossée au mur, les yeux fermés. Elle était très immobile. Une libellule voleta au-dessus de sa tête, telle une aiguille turquoise qui aurait eu des ailes. Quand l'insecte passa devant elle, elle ouvrit les yeux.

*

Elle savait que j'étais là, mais refusait de regarder dans ma direction.

Je me demandai si elle avait honte de moi.

J'avais honte d'elle. Je croyais qu'elle était folle, à se montrer à moitié nue. Cela attisait ma peur secrète que ma mère puisse être déséquilibrée.

Qu'elle m'ait perdue parce qu'elle avait fait quelque chose de mal. Puis je vis qu'elle prenait le soleil. Le mur de pierre était doré. Exposé à la lumière. Les pierres devaient être chaudes sur sa peau.

30

La directrice de l'école de broderie avait confectionné plusieurs robes à vendre sur le marché en lisière de la ville. Elles étaient suspendues à un portant. Il y en avait une en soie blanche, identique à celle que mon double portait quand elle avait pris la fuite à Paris. Aussi blanche que de la craie. Cette même craie qui traçait les lettres de l'alphabet sur le tableau noir à l'école. J'avais écouté les sons que produisaient les mots et la manière dont ils se mélangeaient. On voulait qu'avec le doigt, je dessine la lettre *A* pour *Ann*. Le nom que m'avait donné ma famille d'accueil.

De minuscules fleurs blanches étaient brodées sur la jupe. Le vent faisait flotter le vêtement comme un drapeau, un drapeau blanc de reddition, peut-être. Marielle demanda si je voulais l'essayer. Elle me ferait un prix, dit-elle, parce qu'il y avait un petit accroc sous le bras qu'elle n'avait pas eu le temps de repriser avant le marché. Dans cette robe délicate, je me sentais à la fois proche de mon double et de ma mère. Sans manches, légère, déchirée.

Ma mère avait vécu dans la maisonnette en mauvais état au bout du pré de la maison de mon enfance. Le pré interdit. Pas une fois je n'avais demandé qui vivait là. Peut-être ne voulais-je pas connaître la réponse à cette question. Elle resterait en suspens au fil des ans.

Marielle emballa la robe dans du papier de soie.

Elle me dit que le tissu venait de Vénétie.

Les mots utilisés dans les documents. Le langage administratif.

Poids. Taille. Couleur des yeux.

Père : inconnu.

Nulle part ces papiers n'expliquaient comment le piano de ma mère avait été tiré par des chevaux de chez elle à chez moi. J'avais touché l'instrument et il m'avait touchée en retour. Le Bösendorfer de concert. Jamais on ne se quitterait, c'était le pacte que j'avais passé avec son piano. Je sentais la présence de ma mère de jour comme de nuit. Une personne que je ne connaissais pas, mais qui écoutait néanmoins très attentivement. Je n'avais pas d'image nette d'elle, mais ressentais fortement sa présence. Elle était censée m'appartenir. Ainsi qu'à l'église. Et à mon père inconnu. À l'adoucissant aux gardénias. Elle avait vingt ans au moment de l'accouchement et nous posions tous les mains sur elle. Si elle appartenait à la musique, elle m'avait envoyé la seule chose qu'elle voulait, la dernière chose qu'elle avait désirée. Je payai la robe et fis un tour en ville. Je finis par m'installer dans un café et pris le plat du jour, des *lorighittas*, une variété de pâtes tressées. J'étais encore furieuse contre elle. Tout le monde était furieux contre elle. Sauf Arthur. Il ne l'avait jamais jugée. Laisse-la tranquille. Laisse la trouver la lune. Il ne l'avait pas montrée du doigt. Au contraire, il avait tenté d'aider son élève. Je compris que s'il avait gardé le silence au moment où je m'étais mise à poser des questions sur ma mère, c'était pour m'encourager à me créer ma propre image d'elle. Puisque tout le monde s'était déjà permis d'écrire sur elle.

Âge : 20.

31

J'annonçai à Arthur que j'avais lu les papiers.

Mon professeur me prit la main.

J'avais un vide à combler, me dit-il de sa nouvelle voix minuscule. J'ai profité de ton besoin de famille. Je t'ai fait travailler trop dur, j'étais impitoyable.

Oui, dis-je.

Une moto a rugi devant la fenêtre. J'entendais les moustiques près de mon oreille. Le battement frénétique de leurs ailes. La plainte aiguë. Le silence assourdissant de ma mère dans la maison en face de celle de mon enfance. D'une certaine manière, je savais. Elle m'entendait jouer. Mes doigts lui parlaient tous les jours.

Au temps pour moi... commençai-je.

J'essayais de lui dire que je l'aimais. Mais les mots refusaient d'émerger des flots déchaînés. Chaque fois que j'essayais de les tirer vers le rivage, une vague déferlait et se fracassait pour les réduire au silence.

Au temps pour moi. Je me suis aperçue que ce n'était pas tout à fait la même vieille rengaine.

Il savait que je parlais des papiers.

Vraiment ? Il semblait surpris. Pourquoi dis-tu ça ?

Elle ne s'est pas noyée dans la rivière Orwell. Elle m'a envoyé son piano.

Je vois, murmura-t-il.

Au temps pour moi. Il s'avère que tu es le seul parent qui ait voulu de moi. Et le seul père que j'aie jamais voulu.

Arthur eut l'air surpris.

Peut-être s'attendait-il à ce que je lui dise qu'il était le meilleur professeur du monde. Ses paupières tremblèrent quelques secondes. Il avait l'air déçu, en quelque sorte, comme si son orgueil avait été blessé.

Joue-moi quelque chose, murmura-t-il, joue-moi le Rach.

À la lueur émise par l'abat-jour à franges roses, je martelai le clavier en ivoire toute la nuit tandis qu'Arthur, redressé sur une pile de vieux oreillers, m'écoutait avec les yeux grand ouverts. Nous étions là. En ce lieu. À jamais enveloppés dans la musique. Le tapis avec son scorpion, la lampe et le Steinway transplanté de notre maison de Richmond en Sardaigne. Mes mains assurées couvertes d'égratignures, de cloques, brunies par le soleil implacable de Sardaigne. Je commençai par les sons de cloches du *Concerto pour piano n° 2* de Rach, puis passai à d'autres pensées et préoccupations musicales. Alors que les chats sauvages sifflaient et qu'une ambulance traversait la ville en trombe, j'annulai mes idées sur celle que je croyais être et laissai venir toutes les autres. C'était une espèce de commémoration, adressée non seulement à mon père-professeur, mais aussi à la virtuose qu'il avait créée.

Et je pensai à mon double à Athènes et Paris. Comme ma mère, elle écoutait très attentivement. Ce que je vis, ce furent les fleurs roses qui poussaient près de l’Acropole. Je les laissai entrer dans la musique. Elles me renvoyèrent à une autre histoire ancienne. Aux nappes, aux tartines de pain grillé et aux buissons de mûres de mes six premières années dans ma famille d’accueil, aux poulets dans le jardin et aux roses qui débordaient par-dessus le mur. Ils avaient tenté de m’offrir un foyer. Elles me renvoyèrent au jour où Arthur me dit qu’il ne pouvait pas être le professeur d’Ann, mais qu’il pouvait être celui d’Elsa, que mon talent me conduirait vers un foyer plus vaste encore si je le désirais. Ce foyer dont il parlait, c’était l’art. Il s’avéra que je le désirais, oui. Ce foyer comptait suffisamment de pièces pour y loger la solitude qui m’engloutissait sans cesse, et la rage qui ne me quittait pas. Au cours de ce mois d’août caniculaire, j’entendis le halètement des chevaux, éprouvai l’attraction exercée par ce qu’ils m’apportaient, qui s’approchait de plus en plus, emportant ma mère à travers le champ desséché sous les cieux du Suffolk. Elle ne voulait pas être trouvée. Les chevaux livrèrent le piano à sa place.

Laisse-la à sa solitude. Laisse-la vivre. Laisse-la trouver la lune.

Je la trouvai par moi-même, dans la musique, qui prenait le soleil, adossée aux ruines du mur de pierre. Peut-être n’a-t-elle pas trouvé la lune, mais elle a trouvé le soleil. Une libellule volète près de son visage. Elle ouvre les yeux et jette un coup d’œil vers moi. Je la regarde. Je la regarde pour l’éternité.

La plus vieille des rengaines ne pourrait pas me protéger de ce regard, transmis à cet instant au bout de mes doigts et à la courbure de mes pouces qui courent sur le clavier en ivoire.

Arthur était allongé sur le lit, les bras croisés.

Pense à toutes les choses merveilleuses que tu peux faire à présent, murmura-t-il.

32

Je passai la journée du lendemain allongée dans le hamac sous les vignes assoiffées. À dix-sept heures, Arthur demanda un verre de Bénédictine. J'en trouvai au supermarché dans la soirée. Un miracle d'être tombée sur une bouteille poussiéreuse au milieu de l'étagère. Un miracle. Un miracle. L'étiquette de la bouteille nous informait que cet alcool était fait à base de fleurs, d'herbes aromatiques, de racines et de baies. Il en but une petite gorgée.

Tu fais la même taille que ta mère, dit-il. Son profil me frappait toujours quand elle jouait. Pourtant, quand elle saluait avant et après un concert, elle regardait ses pieds.

J'étais agenouillée à côté du lit, très près de son visage pour pouvoir l'entendre.

Je suis tout petit, dit-il en tournant la tête vers moi, comme pour avoir confirmation.

C'est vrai.

Si bien que j'ai toujours senti le sol sous mes pieds, poursuivit-il, mais pour ces mêmes raisons anatomiques, il m'a fallu lever les yeux pour ne pas voir que mes pieds. Tu peux faire un bon bout de chemin en ne regardant que tes pieds, mais le pape ne se mettra jamais à hurler et la Joconde n'aura jamais la moustache.

Il leva son bras gauche squelettique vers les pales du ventilateur qui bourdonnait au-dessus de lui.

Et regarde où nous en sommes aujourd'hui.

Il se tourna une fois de plus vers moi.

Où sommes-nous à présent ?

Je remarque que tu fais une grande révérence avant et après chaque représentation. Tu te penches en partant de la taille. Et tu te redresses pour faire face au public. Tu écartes les bras de ton corps et tu les ramènes devant toi.

Il leva le petit doigt pour toucher une croûte au coin de sa bouche.

Quand les conservatoires d'un peu partout dévoileront ma statue, murmura-t-il, je peux te dire que le petit Maestro ne leur aura pas coûté trop cher en marbre ou en bronze. Ce n'est pas moi qui les ruinerai.

Andrew dut nous entendre rire. Il entra dans la pièce et demanda si Arthur était ivre. Arthur le salua en brandissant son verre de Bénédictine. Il se mit à divaguer à propos de la femme de Mahler. Apparemment, Alma Mahler buvait une bouteille de Bénédictine par jour. À un moment donné, il nous annonça, Très chers, la *Neuvième Symphonie* de Beethoven semble s'être parfaitement déroulée et les chasseurs d'autographes ont été de vrais rapaces.

Le lendemain matin, quand Andrew entra dans ma chambre sans frapper, je sus qu'Arthur était mort.

La foi qu'il avait en moi a été quelque chose d'essentiel dans ma vie, dit Andrew.

Je pourrais dire la même chose, répondis-je.

J'imagine que tu vas rentrer à Londres vendre sa maison ?

Non. Paris.

C'était ma maison. Andrew voulait ma maison. Il voulait en forcer l'entrée comme un huissier. En remboursement de je ne savais pas quoi.

Je le suivis dans le jardin. Il se mit à dérouler le tuyau d'arrosage.

Andrew, dis-je, je suis désolée de ne pas avoir été là quand Arthur est tombé malade et que tu avais besoin d'aide.

Il me tourna le dos. Je l'entendis pleurer pendant qu'il dirigeait le tuyau vers les vignes desséchées.

33

PARIS, AOÛT

J'avais laissé mon manteau d'hiver au pressing Express de la rue des Carmes neuf mois plus tôt. À l'époque, j'étais pâle et avais des bleus à l'âme de la même couleur que mes cheveux, et aujourd'hui, j'étais bronzée et le bleu s'estompait. Il faisait trop chaud pour porter un chapeau mou. Les gens attendaient en file indienne devant le pressing. Il semblait qu'un client avait apporté une quantité de draps digne de la blanchisserie d'un hôtel. La femme à la caisse voulait examiner chacun avant de les prendre.

Je levai les yeux vers le sommet de la colline où s'élevait le dôme blanc du Panthéon. Le monument abritait les dépouilles de Victor Hugo, Émile Zola, Voltaire. Les discussions allaient bon train pour savoir où il fallait enterrer Arthur, mais ce serait sans doute en Sardaigne. Andrew voulait faire pousser des fleurs sur sa tombe. C'était étrange parce que Arthur Goldstein était un personnage public, il n'appartenait plus à Andrew. Les gens demanderaient à ce qu'il soit inhumé à côté d'autres illustres personnages au cimetière de Highgate ou à celui du Père-Lachaise. Ses élèves, originaires des quatre coins du monde, étaient devenus de brillants musiciens. Ils voudraient se recueillir sur sa tombe.

Peut-être que la dernière épreuve d'Arthur était de se soumettre à l'ordinaire, à l'amour de tous les jours.

Une femme avait garé sa trottinette électrique devant le pressing. Un grand perroquet blanc était perché sur le guidon. Il semblait savoir qu'il ferait la queue jusqu'à la tombée du soir. Au bout d'un moment, il rentra la tête sous son aile et dormit au soleil. Prise de vertige, je sortis de la file d'attente et déambulai dans une petite rue.

Le monde tournait lentement en cette période de deuil. La nuit, quand je regardais les étoiles au-dessus de Notre-Dame, je devais accepter qu'Arthur avait quitté ce monde. J'avais tout le temps faim et pourtant je ne pouvais rien avaler. J'étais devant une boulangerie en face d'une église impressionnante. Un panneau expliquait qu'elle avait été construite sur un champ de chardons au XIIIe siècle. Je regardai à travers la vitrine de la boulangerie et vis environ neuf abeilles posées sur les grains de sucre des brioches disposées sur une étagère. Une vendeuse prit une viennoiserie, les mains protégées par des gants en plastique. J'observai les abeilles tandis que le soleil tapait sur mes épaules. À force de sucer tout ce sucre, elles étaient lentes, hébétées, rassasiées. Peut-être ces abeilles avaient-elles gardé la mémoire de ce champ de chardons du XIIIe siècle. Elles étaient retournées vers ce site de butinage pour découvrir qu'il avait disparu. De la même façon, j'avais gardé en mémoire les chevaux d'Ipswich et ce souvenir avait ressurgi à Athènes via un étal de chevaux mécaniques à piles. Je bus une gorgée d'eau de la bouteille en plastique chaud que j'avais à la main. Quelqu'un me tapota l'épaule.

*

Je voyais son reflet dans la vitrine tout en observant les abeilles et les brioches. La femme qui avait acheté les chevaux se tenait derrière moi, vêtue d'une robe dos-nu jaune. Nos corps se confondirent pour ne plus former qu'une seule ombre : quatre bras, deux têtes. Il aurait fallu que je me retourne pour lui faire face, elle qui était peut-être moi, mais qui était sans aucune doute elle-même.

Un, deux, trois.

J'ai lu les rubriques nécrologiques, dit-elle. Elles te citent toutes.

Oui, mon professeur est mort, répondis-je.

Elle acquiesça. Il disait que tu étais sa dernière élève. Un cadeau qui lui arrivait sur le tard. Il paraît que ton deuxième prénom est Miracle. Elsa M. Anderson.

Je regardai par-dessus son épaule et faillis prendre mes jambes à mon cou, comme elle-même l'avait d'abord fait.

Écoute, dit-elle, ça m'est égal pour le chapeau.

Dans la rue, deux femmes me pointèrent du doigt.

Elles aussi ont lu les rubriques nécrologiques. Ta photo est partout. Et maintenant qu'elles savent que ton deuxième prénom est Miracle, elles croient que les malades seront guéris après t'avoir touché le pied.

Je ne sais pas quoi faire, dis-je.

Nous décidâmes de nous retrouver au Café de Flore le lendemain matin.

La chaleur avait brusquement cédé la place à la pluie. Il me fallut deux heures pour m'habiller. Il n'y avait pas d'eau froide dans la douche de ma salle de bains à l'hôtel. Elle était bouillante, comme la relation entre Nietzsche et Wagner, mais finit par refroidir. Je me passai cent fois la brosse dans les cheveux, mis une heure à les attacher. Le soleil de Sardaigne avait intensifié l'éclat de mes yeux verts. Ils brillaient sans doute moins qu'ils larmoyaient. J'appliquai du baume sur mes lèvres et mis des boucles d'oreilles, laçai mes chaussures. Enfin, j'enfilai la robe couleur craie achetée en Italie et enfonçai mon chapeau mou sur ma tête. Il avait cessé de pleuvoir.

Elle m'attendait à la terrasse du Flore.

Son imperméable vert était mouillé. Peut-être était-elle partie plus tôt que moi et s'était fait surprendre par l'orage.

Une vraie reine, dit-elle. Tu veux me tenir compagnie ?

Je m'assis à côté d'elle. Nous étions installées sur la première rangée de tables, côte à côte, face au boulevard Saint-Germain. Sous son imperméable vert, j'aperçus la même robe blanche en soie plissée qu'elle avait portée le jour où je l'avais aperçue pour la première fois à Paris. Le col était percé de trous minuscules. Les mites adorent la soie, dit-elle. Notre conversation à cheval sur trois pays européens avait surtout traité de ce qui était derrière nous, le passé, mais cette fois, j'étais assise à côté d'elle au présent.

Je sais tout de toi, dit-elle.

Que sais-tu ?

J'avais quelque chose dans la main. Le tube de crème à la fleur d'oranger acheté le jour où elle était passée devant moi au Flore.

Je le dévissai et me frictionnai les doigts.

Tu étais une pianiste célèbre, dit-elle. Et puis tu as perdu la tête.

Oui.

Et maintenant tu as aussi perdu ton professeur.

Je lui passai le tube. Elle déposa une noisette de crème sur son poignet gauche.

Tu m'as suivie, dis-je sur un ton de défi.

La circulation était comme d'habitude. Encombrée.

Tu dois faire attention à tes mains.

Que faisais-tu sur Green Lanes ?

Je n'étais pas à Londres.

Je lui dis que j'avais eu l'impression de la voir qui regardait les bijoux de mariage en or dans les vitrines, devant les marchands de kebabs et crêpes turques et devant la boulanger Yazar Halim en train d'attendre.

Elle secoua la tête.

Mais tu étais bien à Athènes en même temps que moi, non ?

Oui.

Et tu as acheté les chevaux ?

Oui.

Le serveur nous interrompit. Nous prendrons deux Perrier-menthe, lui dit-elle de sa voix de pierres brûlantes.

Ton professeur doit te manquer ?

Je regrette de ne pas lui avoir fait visiter Athènes et Paris avant qu'il ne soit trop vieux pour pouvoir marcher sans aide.

Elle baissa la tête.

Je l'y ai emmené pour toi, dit-elle.

Qui donc ?

Ton professeur. Il a aimé le musée d'Art cycladique à Athènes et il s'entendait très bien avec les Grecs. À Paris, il a admiré les ponts et apprécié les fromages de brebis avec du cassis.

C'est toi la folle, ris-je. Tu essayes de me faire peur. Mon professeur n'aurait jamais mangé de fromage de brebis avec du cassis. Son plat préféré était la purée. Qui était le vieux monsieur avec toi ?

Oh, sourit-elle en sortant un étui à cigares de la poche de son imperméable. Mon père.

Nous nous sommes allumé un cigare chacune avec le briquet en or que j'avais trouvé la nuit où je m'étais éloignée de Tomas dans la baie de l'Amour. Je l'avais emporté avec moi en Sardaigne, où avait régné la mort.

Il faut qu'il se consume de manière égale, dit-elle. Le faire tourner et approcher la flamme du centre.

Le serveur apporta nos Perrier-menthe ainsi qu'un petit bol de chips. Nous sommes restées assises en silence, à fumer sur la terrasse du Flore en première ligne. Nos mains sentaient la fleur d'oranger. Elle avait une peau olivâtre et des yeux marron. Son accent n'était pas anglais. De petits oiseaux sautillaient sur notre table et picoraient les chips. Je portais toujours son chapeau. Au bout d'un moment, je remarquai que j'avais une main posée sur son épaule gauche.

C'est agréable, dit-elle, d'être assise avec un miracle.

J'avais l'impression d'avoir enfin regagné à la nage l'île dont j'avais rêvé pour nous.

Ou peut-être était-ce une baie.

Elle me calmait.
Elle était comme l'angle d'une pièce.
Elle serrait le briquet dans sa main.

Un homme d'une cinquantaine d'années s'arrêta à notre table. Il transportait un grand sac à carreaux bleus et rouges en plastique résistant avec une fermeture Éclair. S'il était SDF, il prenait soin de lui. Il était rasé et rayonnait, sa chemise rose était propre et repassée.

Il expliqua qu'il venait de Singapour et que lorsque son père était tombé malade, il s'était lancé dans la recherche médicale. Son sac contenait de multiples exemplaires de ce qui avait occupé sa vie. Il demanda si nous aimerions lire le résultat de ce qu'il avait étudié. C'était ce qu'il semblait vouloir, mais ce n'était pas un simple échange. Nous lui avons donné vingt euros et, même s'il n'avait pas réclamé d'argent, il les accepta avec grâce.

Un instant, s'il vous plaît, dit-il, il avait besoin de mettre de l'ordre dans ses papiers. Il s'agenouilla à côté de notre table et assembla différentes feuilles de format A4. Le sac était rempli de photocopies couvertes d'une écriture ronde à l'encre noire. Il me donna cinq pages, vérifia qu'elles étaient numérotées, nous remercia et s'éloigna.

Les documents indiquaient qu'il était médecin et consultait dans un parc *entre 14h30 et 16h30*. L'horaire avait été barré et remplacé par *16h30 à 17h30*, suivi du métro le plus proche. Il avait guéri plusieurs maladies dont son père, mort dix ans plus tôt, avait souffert, écrivait-il. Il pleurait son absence encore chaque jour. Il expliquait ensuite qu'un manchot empereur femelle ayant pondu un œuf regagnait la mer pour se nourrir. C'était au père, précisait-il, de garder l'œuf au chaud et en sécurité. Il le tenait en équilibre sur ses pattes pendant que la mère effectuait son périple, le protégeant des prédateurs tout au long de l'hiver. Le père n'avalait donc rien pendant deux mois. Quand la mère revenait, c'était à lui de partir se nourrir. En page deux, il évoquait les éléphants, qui pleuraient à la mort de leur famille, et la façon dont leurs sœurs jetaient du sable sur les corps à la naissance pour les protéger du soleil. Sous cette dernière information, il avait écrit les mots *JE T'AIMERAI TOUJOURS*. Il avait dessiné un cœur sur les *i*. Page trois, il énumérait tous les sujets scientifiques qu'il avait étudiés. Il y en avait cent sept, tous numérotés, allant de l'anatomie à la pneumologie, de l'urologie à l'oncologie, ponctués d'interventions en lettres capitales, *JE T'AIMERAI TOUJOURS TRÈS TRÈS FORT !!*

En tout, il avait lu trois cent mille articles scientifiques, écrivait-il, mais surtout, pour vivre sainement, il recommandait le soleil et l'exercice, l'eau chaude, les légumes violets, et aussi l'ail et le gingembre, une côte de bœuf deux fois par semaine, le potassium, le magnésium, l'or, le fer, la course pour transpirer et de se coucher tôt.

Il n'employait pas le même genre de mots que ceux de mes documents officiels. Nulle part je n'avais lu un *JE T'AIMERAI TOUJOURS TRÈS TRÈS FORT !!*

Ces mots ne comptent que s'ils sont sincères, dit-elle en rallumant son cigare, qui s'était éteint pendant que nous lisions les photocopies.

Je crois qu'il sait ce qu'ils veulent dire, répondis-je.

Mais bon, faire des cœurs à la place des points – elle recracha de la fumée – c'est un coup bas.

Le cigare rougeoyait entre ses lèvres.

Elle finit par le poser dans le cendrier.

J'ai quelque chose pour toi.

Elle sortit un paquet enveloppé dans du papier journal et le plaça sur la table. Le journal était écrit en grec et je savais qu'il emballait les chevaux. Je lui rendis son chapeau.

Elle le mit avec nonchalance, le pencha vers l'avant comme si elle n'en avait jamais été séparée.

J'avais l'impression que tout avait changé et que tout était pareil. Les racines des arbres sous le goudron du boulevard Saint-Germain continueraient de pousser. Les racines de mes cheveux continueraient de repousser la couleur bleue. Le niveau des mers continuerait de monter. Deux jeunes gens s'embrassaient à l'arrêt de bus. Frénétiquement. Comme si cette dévoration mutuelle était un devoir existentiel. L'obligation de conserver un instinct de vie fort quand la mort est notre ultime destin.

JE T'AIMERAI TOUJOURS TRÈS TRÈS FORT. Était-ce un coup bas ?

Arthur m'a souvent dit : "J'admire ta grande force", confiai-je.

Elle voulait savoir ce qu'il entendait par là.

Tu le sais bien, dis-je. Tu m'as obligée à te le dire dans quatre pays différents.

Elle se mit à éternuer. Puis elle toussa un long moment.

Tu ne te sens pas bien ?

Je ne sais pas trop, répondit-elle.

Je me rendis compte que ce que je lui avais transmis d'un pays à l'autre, c'était la douleur.

Nous nous élancions de nouveau à travers le monde pour contaminer les autres et être contaminés par eux. Si elle était mon double et que j'étais le sien, était-il vrai qu'elle était sage, que je le n'étais pas, qu'elle était équilibrée, que j'étais folle, qu'elle était perspicace, que j'étais une imbécile ? L'air était électrique entre nous, cette façon de nous transmettre des émotions par nos bras qui se touchaient.

Nous convînmes que quels que soient les événements qui viendraient secouer le monde, nous continuerions d'utiliser de l'après-shampoing, de nous passer le peigne jusqu'aux pointes, d'adoucir nos lèvres avec du baume goût rose, fraise et cerise, et que même si nous étions curieuses de voir un loup perché sur une montagne solitaire, nous aimions que nos animaux domestiques trahissent leur nature sauvage et partagent notre réalité, qui n'était pas la leur. Qu'ils restent sur nos genoux et se laissent caresser pendant les vagues de virus, les guerres, les sécheresses et les inondations, et nous nous efforcerions de ne pas leur transmettre nos peurs.

J'ouvris le paquet et en sortis les chevaux. Marron et blanc. Ça me revint. Cette douleur en regardant les chevaux transporter le piano à travers le pré. D'une certaine façon, je savais que c'était le sien. Comment était-ce possible ? Comment savons-nous ce que nous savons. Le ticket du pressing de la rue des Carmes tomba de ma poche et voleta vers le trottoir.

Elle se pencha pour le ramasser et le garda.

Il se mit à pleuvoir, il pleuvait toujours quand elle était là, mais nous n'avons pas bougé de nos places en première ligne à la terrasse du café de Flore. En soulevant la queue du cheval marron et en le tenant au bout de sa ficelle, j'entendis brièvement sans tout à fait la comprendre la protestation qui m'avait saisie ce soir-là dans la salle de concert de Vienne.

Je voulais que le vieux monde fonde comme la neige après l'hiver.

Quand j'entendis mon double improbable dire, Elsa, tu es bras nus alors qu'il pleut, je ne pus me résoudre à abaisser la queue du cheval pour que la magie cesse. Mes cheveux étaient trempés et elle portait le chapeau. Au bout d'un moment, elle se pencha et arrêta le cheval pour moi.

J'étais outrée. Pour la première fois depuis qu'elle était apparue dans ma vie, je la regardai droit dans les yeux. Elle accepta que je l'observe et je vis un peu mieux qui elle était et non plus qui j'avais imaginé qu'elle était. Je ne passai pas un moment agréable. Les larmes coulèrent et mouillèrent sa robe en soie blanche.

Nous ne devrions jamais surestimer la force de quelqu'un juste parce que ça nous arrange, dit-elle. Enfin, elle proposa que nous allions chercher mon manteau au pressing.

Tandis que la pluie tombait doucement sur le boulevard Saint-Germain, je lui dis que le soir du concert à Vienne, j'avais cessé d'habiter la tristesse de Rachmaninov pour oser, le temps d'un instant, vivre dans la nôtre.

RÉALISATION : NORD COMPO À VILLENEUVE-D'ASCQ
IMPRIMERIE NORMANDIE ROTO S.A.S.
DÉPÔT LÉGAL : AVRIL 2025. N° S68989/01 (2500735)
IMPRIMÉ EN FRANCE